西京书话

崔文川　朱晓剑　著

# 珠玉文心

陕西新华出版传媒集团

未来出版社

图书在版编目（CIP）数据

珠玉文心 / 崔文川，朱晓剑著. -- 西安 : 未来出版社，2016.9
（西京书话）
ISBN 978-7-5417-6240-6

Ⅰ. ①珠… Ⅱ. ①崔… ②朱… Ⅲ. ①书票－中国－文集 Ⅳ. ① G262.2-53

中国版本图书馆 CIP 数据核字（2016）第 208254 号

## 珠玉文心

| | |
|---|---|
| 选题策划 | 陆三强　马　鑫 |
| 责任编辑 | 高　梅　贾文泓 |
| 封面题签 | 学　文 |
| 封底篆刻 | 王石平 |
| 装帧设计 | 文川书坊 |

出版发行　陕西新华出版传媒集团　未来出版社
地　址　西安市丰庆路 91 号，710082
经　销　全国新华书店
印　刷　陕西博文印务有限责任公司
开　本　787 毫米 ×1092 毫米 1/32
印　张　7
字　数　140 千字
版　次　2016 年 9 月第 1 版
印　次　2016 年 9 月第 1 次印刷
书　号　ISBN 978-7-5417-6240-6
定　价　35.00 元

# 《西京书话》出版弁言

　　书话，顾名思义就是由书引起的话语，书是要反应的客观对象，话是由这个客观对象引起的知识、感想和评论。"书话"的名称大概是从"诗话""词话""曲话"演变而来的，是中国特有的一种批评文体，自宋人欧阳修《六一诗话》始，话体批评由诗而词而曲而小说。这种审美的、感性的、直观的批评方式数百年来依然为作家、学者喜爱，在读书札记、题跋、小品文中生存了下来，继而孕育出一种别致的散文随笔体例——现代意义上的书话。

　　"书话"似是阿英最早采用的，即其出版于1936年的《〈红楼梦〉书话》。黄裳曾称阿英为新书话的"最早的先行者"。现代书话源于传统的读书杂记、藏书题跋、笔记札记，作家、学者在文献中寻找自己心灵的倾诉和安置之所，也通过研读文献来关注社会和现实。因书话作者关注的话题不同，而形成了两种内容：

一是以旧书为话题，谈书的买卖以及刻书、校勘、版本、藏书等书林掌故；另一种以新书为话题，谈中外文坛的书人书事。

"书话"有广义狭义之分，广义的书话是那些写与书有关的作品；狭义的书话，则大致是写书人书事，关注书的掌故、事略。书话的对象，举凡古今中外的艺文杂著，无所不包；书话的内容，多样广泛，随意漫谈，既有评论，也有轻松道来而非沉重的细细话语，传递的是书的知识和人的性情。书话也不囿于所谈之书，往往因书生发出去，对社会问题人生冷暖顺带发些议论和批评，语言简洁，点到为止，但能给人新鲜的见识。书话的情感抒发，常常是蕴藉的、内敛的、含蓄的，由书而及过去读书时的情景，不管是寂寞惆怅或心满意足皆溢于言表，都是性情所致，字字感人、句句有情。

纵观现代书话，可以看出，书话也分为文学书话和学术书话。文学书话有着文学作品所具有的记叙、抒情、审美等特征，语言上叙事抒情议论相结合，近于散文随笔，鲁迅、唐弢、黄裳等的作品大体属于这一类，或犀利尖锐，或从容深刻，或讲求辞藻，或关注议论，尽管因修养才情不同而风格各异，但都雅致耐读，属于文人写作；学术书话则将书作为研究对象，用于考证版本、探究文坛轶事、切磋书籍装帧，近于文献学的研究，郑振铎、黄永年、辛德勇等的作品即属于此类，或平实质朴，或细密考证，或讲求学术规范，或因书生情，亦因学术背景兴趣有别而风格不同，但也饶有趣味，属于学人著述。当然，实际上二者并不能截然分开，即使同一篇文章也无法区别哪些是文学的，哪些是学术的，其实书话本质上就是文和学的有机结合。非文非学其实就意味着亦文亦学，书话在学术与创作之间腾挪转换，摇曳生姿。

书话的内容因时代不同而发生变化，但既是"话"书、谈书，其中自然包含着对"书"的品评谈论，既包含一点考证和研究，又不单纯堆砌资料或作烦琐的校勘考证。围绕着书事，由小及大，无所不谈，包括对与书相关的人、事的议论与感悟，行文自如，情趣盎然，可以引发读者爱书藏书的兴致，得到丰富有趣的文史和版本知识。书话的"话"亦多印象式的点评，即兴式的发挥，少有长篇大论，也鲜见严密的逻辑推演和旁征博引。

书话的风格以亲切柔和、宁静温婉为正宗，是散淡的、朴实的。然而，散淡、朴实丝毫不减它的文学性和学术价值，只是增添了它的可读性。好的书话作品是在有趣、深沉的书味中流泻出作者的真性情，以其文化内涵和沧桑感打动读者。同时又让情和趣自然融合，浑然天成。

现代书话自二十世纪三十年代初始，迄今已八十余年了。书话的作者大都是文坛中人，或作家或学者，书话中常叙述人情故实、文坛掌故，反映出的是历史的氛围和文化的气息。书话在记录作者读书、校书、购书、藏书的经历时，往往也自然而然地流露出得书的狂喜、失书的剧痛，反映了读书人、爱书人的癖性。书是读书人生命的一部分，是读书人一生难以割舍的情缘。书话中的抒情是内敛的、蕴藉的，它是通过"书"本身的文化力量，或通过作者得书、失书的欢欣与苦痛的自然流露来表达，从而实现书与情的交融。

书话的开本一般较小，装帧简洁朴素，力求做成书品清秀，内容高雅，爱书人、藏书人见了则会爱不释手。这也是我们追求和努力的方向！

今天，随着全民阅读兴趣的提升，书话写作日盛一日，书话作品林林总总、成绩斐然。特别是近年来国家倡导全民阅读，内容不断充实，方式不断创新，影响日益扩大。藏书是阅读的基础，书话是阅读的总结和宣传。书话从二十世纪三十年代行世以来，为提高民众的阅读和收藏立下了汗马功劳。翻开《读书》《书屋》《文汇读书周报》《中华读书报》等报刊，书话文章随处可见，也不乏精品佳作。长安自古文人荟萃，读书爱书之人众多，且不少人如黄永年、辛德勇、孙卫卫、理洵、崔文川等人活跃于全国读书界，取得了不俗的成就，并在书话创作实践中形成老中青三代写作梯队，成为"文学陕军"中的重要组成部分。因此我们策划了《西京书话》丛书，每册文字不多，配以书影，汇集了陕西籍或曾长期生活工作在陕西的作家、学者的作品，以自己读书、买书、藏书的经历为主，兼记相关书事、书人等故实，真情叙述阅读、藏书的美好以及带给人们的快乐和幸福，积极推动全民阅读。

《西京书话》丛书是陕西书话创作和出版的整体出发，是陕西书话出版的第一次，虽然还不能代表陕西书话创作的全部，但是一个良好的开端。

　　感谢惠赐书稿的学者和作家！感谢陕西出版基金的大力支持！有了这个良好的开端，相信陕西的书话创作和出版会越来越好！

# 目　录

# 序：人与书的合体

吴兴文

　　回顾我从台北市光华商场、二间堂古书店，乃至于上海旧书市、北京琉璃厂，寻觅贴有藏书票的旧书，到加入美国藏书票收藏与设计家协会，至今仍感受不同的趣味。前者主要着重于老的藏书票，虽然是从原书主手中流出，但就像签名本、题赠本，有它独特的趣味，也是收藏家梦寐以求的佳本。后者有如爱书人在自己买到的书上，贴上自己的藏书票，所以后者的功能，和我们钤盖藏书章，有异曲同工之妙。

　　十九世纪九十年代，英美、欧陆各国纷纷成立藏书票协会，并且受到工艺与美术运动的影响，艺术家可以将构想委托工匠去处理，藏书票设计还不至于如此小题大做，不过也使马奈、马缔斯、克林姆特、比亚兹莱和柯克施卡等画家纷纷加入，从而吸引插画家和版画家的积极参与，各种会刊、个人作品集和专题画册陆续出版，形成收藏与研究的风气，甚至组织拍卖活动。

直到二次大战战火遍布，藏书票活动一度中止。1953年意大利建筑师曼特罗（Gianni Mantero），成立国际藏书票联盟，刚开始每两年举办一次世界大会，后来改为每年举办，才改变以交流为主，商业化色彩逐渐淡出，藏书票逐渐在全球推广，艺术风格日趋多元。1988年中国藏书票研究会加入国际藏书票联盟，在李桦、梁栋、杨可扬、陈雅丹和沈延祥等人的努力下，藏书票成为爱书人多一种选择的收藏标志。

丙申年小满，在微信上收到崔文川发来《珠玉文心》的出版消息。从前只知道他为书友设计藏书票，如今才了解它们的整体蕴含。他自己身体力行，将对藏书票的热情，透过藏书票设计与书友们分享。这比参加藏书票展览，或竞赛活动，按照规定必须在藏书票背面或下缘，加上版印总数和编号，后来被人当作商业炒作，富有意义多了。

端午节前夕，他应邀参加北京石刻艺术博物馆活动。当天上午，我前往他下榻的宾馆叙旧。接近中午时刻，他接到赵国忠来电，我和国忠兄也是多年的书友，便一起前往。下午到国忠兄家喝茶。走进书房，整面墙壁都是书架，他随手抽出陈万里《大风集》，然后现代文学的珍本，接连展现在我们眼前。他特别指出室外的一棵柿子树，只见文川兄心领神会，我尚不知其意。回家后翻阅书稿，原来是国忠兄很喜欢文川设计的一枚"梅阁"藏书票，但因室外没有梅树，遂以窗外柿子树为背景，指定他设计"赵国忠藏书"。这段过程也许只是小插曲，然而具有书房情景寓意，正是藏书票的真谛之一。

全书透过朱晓剑的生花妙笔，文川兄的藏书票设计，好像微信的朋友圈，充满了书缘与人缘，不论是旧雨新知，都令人感到人与书的合体。

# 安武林的情怀

　　安武林，圈里朋友称他为北京著名作家、正品出版家、超级书虫、淘书大侠。虽是北京移民中的一员，却依然对阅读有着朴素的情怀。

　　安武林从小的理想，就是当一个作家。在职业中学读书期间，因为发表文学作品被山东大学免试破格录取。大学毕业后，去了陕西一个大企业，继续坚持创作和评论，后来专攻儿童文学。林林总总，写了不少，他从山西出发，后到山东，又去陕西，最后去北京，发芽生根，成了出版社的编辑。他的历程是一个传奇。

儿童文学是安武林的至爱。为了这个他也时常跟人争论，但他的骨子里是一股菩萨心肠，在崔文川所设计的藏书票里，他端坐在那里，摊开的书影，构成了一种可想象的意境，但那书好像也不是书本身，那书，成了一枚介质，我猜已化进了他的肚皮里。

　　这不免让人想起苏东坡来。在被贬海南岛儋州时，一天与小妾朝云开玩笑，问朝云：你猜猜我的大肚子中装的是什么？朝云答：先生被贬儋州，依然是乐观超然，一副无所谓的样子，我看这只是表面，别以为我不知道，实际上先生每天借酒浇愁，我猜先生满肚子都是酒。苏东坡摇头曰否。朝云又猜：先生高才大学，胸怀锦绣，那就应该是满腹文章了。苏东坡又摇头。朝云也摇头说那我就猜不到了。苏东坡拍拍自己的大肚子，苦笑着说：这里面装的都是"不合时宜"。

　　安武林的"不合时宜"是对书的内容的洞察，在书页里总能发现它的美。假若真的有天使，那一定是安武林。有人这样说。对此，我也赞同。

## 让童年有趣点儿

儿童文学，我读的不多。

大概这跟我对儿童文学作家的印象有关。怎样的儿童文学才算是好的作品，一言以蔽之，即有一颗童心，天真烂漫。这并非是只看见生活里的美，也要见世界里阴晴圆缺，总之把这个世界的样貌很好地呈现给儿童吧。

但有童心的人，常常被视为怪物，好像是不懂得人情世故，实则是见多了物欲横流，反而想着回归简单生活。孙卫卫的作品有着自我警惕，尽力呈现出童年的多姿多彩，而不是局限于某种既定的思维。

实则今天接触网络、电视一代的儿童，其懂得的道理远远超过以往，如何才能打动儿童的心？沟通、交流、分享，是关键。倘若儿童文学仅仅是封闭地传达信息，可能就无法让儿童读来满意。

孙卫卫写儿童文学也写日记，让人看到一个善于解剖自我的作家。这一点，尤其难得。藏书票里的儿童玩耍的场景，我不禁想起久违的烂漫童年。

尼尔·波兹曼在《童年的消逝》里说："长远来看它（指童年的概念）一定会成为当今科技发展的牺牲品。"

有首歌唱道："别以为我们的孩子们太小他们什么都不懂，我听到无言的抗议在他们悄悄的睡梦中，我们不要一个被科学游戏污染的天空，我们不要被你们的发明变成电脑儿童。"也许正是如此，让童年走向了消逝。

儿童文学正是在这个意义上，给人以疗伤。让童年留下些许美好，这远比科技带来的童年生活有趣、丰富的吧。

## 在日记中漫游

日记文学，古已有之。康健研究日记多年，熟悉日记文学当中的许多掌故，他所出版的《高远集》《清远集》等书，均与日记多少有些关系。

我跟他相识，是源于他曾写过多篇民间读书报刊文章，内容丰富且不乏意趣，像他这样的学者还不算多。网上联络之后就收到他寄来的书册，不少文章读来饶有趣味。

间断地也曾听过朋友谈论他对日记的执着，多年来不仅收藏日记文本，访谈文学名家，也是畅谈日记，并写出了系列文章。如他说胡世宗先生："正是这种持之以恒的精神，成就了胡世宗先生！而胡世宗先生，他也要把这种精神，传递给我了。"无疑，正是由于持之以恒的坚持才有了后来的姹紫嫣红。

坐在竹椅之上的康健，双手交叉于胸前，似读罢一卷日记之后的遐思，又似为了某一个问题在深思。艺术之于生活，并不止于生活，也还在其上建造更为宏大的艺术场域，那是一个人灵魂自由栖息地。恰如书法家郭广岚在《种梦楼》诗里所写：移家三道堰，久不辨东西。山好留云外，书多比屋齐。歪临几个字，闲养数只鸡。梦里梅开遍，醒来窗月低。这一种看似闲情的闲情，却也还是对生活有真谛的意见。

本雅明笔下的都市漫游者，见证一座都市的传奇，而康健则在日记中漫游，所收获的既有人文情思，也有对历史真相的探索。确实，这种漫游者"见证着现代性新状况的知识分子形象"、"现代性的公共场景的经验的象征"，康健对日记文学的观察，也可作如是观。

# 小轩窗的梅花

　　东北，最远的只去过沈阳。当然没遇见烟若。冬天，我也喜欢一树梅花，有时会买几枝。插在书桌前的花瓶里，好像就遇见了一个冬天。

　　烟若的冬天，我是从文字里读到了。给人的感觉，大不一样，疏落有致，却又有了几重格调。这大概与东北的氛围有关，我读东北诗人的诗句，总是唤起这样的感觉。

　　有几回冬天，身在东北的朋友说，来我们这看看雪吧。却始终没有成行，无他，看雪也需有几分心境。

可在南方看雪，只能是想象。梅花倒是寻常风物，街头总会有沿街叫卖的小贩，梅花在枝干上，含苞待放，那时就想起这梅花之境。

小轩窗的梅花，疏落落的茶盏，几本闲书，散淡的、慵懒的，几分晕晕欲睡的，梅阁的书房，像一个老故事的结局和开始，也不知是曲终人散尽，抑或是等待得也并不焦急。烟若是如此说这枚藏书票的。

楼阁亭台，在东北赏雪看梅，是不是别有一番意境？叫梅园的地方，也还有好些个，只是大多数时候，是不能够亲至欣赏梅之风采的，随后就有梅花的诗句涌上心头，如陆放翁句：幽谷那堪更北枝，年年自分着花迟。高标逸韵君知否，正是层冰积雪时。又如谢燮句：迎春故早发，独自不疑寒。畏落众花后，无人别意看。

有一枝梅花就够了。有时，诗意地生活只是一种生活态度，是优雅的沉淀，并非是哗众取宠的张扬。有一丛梅点缀着，就是一个美好的冬天了吧。

爱书人的幸福

　　西安是文化古都，但给我的感觉是寻古去看古迹，不如看西安文化人的状态，多数还是有古意。不说潇洒自在的过日子，就是对世界的认知也是有汉唐气象的。但对西安的出版界熟悉的却不多。无他，虽然有不少好书在出，终究是市面上难以见到，也就无从阅读的吧。

　　第一次见陆三强先生，就有久违的感觉。这可能跟他从事古籍研究多年相关。那次见面他送了我不少自己做的书，漂亮，且可读性强。我尚未阅读，就被孩子瓜分一空。我想，能够让人主动阅读的书，定是不差的书。

现在的出版人也在两极分化，一种是专做畅销书，以赢利为目的，一种是做人文书，以长期的社会效益为考量。也还有一种是将两者融合起来，既有市场又有人文性，这才更符合文化延续的方式。三强先生当属于此列。

此张藏书票简洁到了极点。一册打开的书，下面就叠着几册待阅读的书册。无须周围环境的雕饰，就能看到一个爱书人的阅读形状。只要书足够好，不管在哪里都可阅读下去——爱书人总能找到愉悦的自处方式。

卢梭有言，如果世间真有这么一种状态：心灵十分充实和宁静，既不怀恋过去也不奢望将来，放任光阴的流逝而仅仅掌握现在，无匮乏之感也无享受之感，不快乐也不忧愁，既无所求也无所惧，而只感受到自己的存在，处于这种状态的人就可以说自己得到了幸福。这也是爱书人的幸福了。

# 诗心常在

葛筱强藏書

　　葛筱强是诗人，写诗无数，有时沉思有时青春，也有片断式的独语。偶尔也写写读书文章。跟他相识于网络也是几近十年的事了。他的《梦柳斋集——一个读书人的随笔散札》和《雪地书窗》都是我经手出版的。

　　有人说他是"最后一个乡村诗人"。此说法显然有些过誉。这让我想起参加一些诗会，时常听见某某是大师的说法。这都当不得真。这当然不是说葛筱强的诗写得不够好。

　　袁滨兄曾为筱强的书写序：泰戈尔说："只管走

过去，不要逗留着去采了花朵来保存，因为一路上，花朵会继续开放的。"这位印度诗圣的诗句自然有它另外的意思，但对于中国诗人葛筱强来说，他的诗歌之花也是会继续怒放的，诗花照眼，书香袭人，这样的生活让人不胜向往之至，乐不思蜀。

那一杂树繁花，是一种镜像。藏书票中的景，五彩斑斓，正象征着诗人丰富多彩的情感，以及流露出的诗意。如《小雨之夜》，诗很简短，不妨照录：

这不只是夜晚的空想 / "空心的雨打在空心的沙上" / 说这话的诗人已死去多年 / 而初秋的小雨又一次落下来 / 有的落在风中的闪电上 / 有的落在我虚构的鸟鸣中 / 它们只是一些偶然间 / 迷失于旷野的，河流的孩子 / 正用高低不同的脚步声 / 寻找比秋天更远的家

诗歌也好，文章也罢。在我看来，都是在"寻找比秋天更远的家"。

见过太多的争论，有时懒得搭理，做一个旁观的读者也好。境界，固然是人人想拥有的，但也并非是每个人都可达到的，写与读同样需要修炼。

# 书香墨香

雨蘭的書

最初只知道雨兰，却不知道她的本名是王瑞东。也只知道写读书随笔，收藏签名本，却不知道也写儿童文学，更不清楚她也还是书法家。有时，我们以一种眼光看事物读人，就有可能只是片面的印象。

安武林说，雨兰的儿童诗，雨兰的诗歌，是相当出色的。

赵德发说，像雨兰这种醉心于书香墨香、自己又制造书香墨香的人，就特别地难得。

辛泊平说，素朴的文字，却沉淀着深沉的人生体验，雨兰的短诗大多有这样的品质。

王传华说，诗人雨兰的行草书，伴随着她那"天人合一""返璞归真""大道妙化"之绝美的"诗意狂欢"，舒笔卷墨地舞蹈着，终有一天，会举步青云，独上高楼。

这样的评论聚合在一起，真像是一个雅集，文朋诗友聚集在一起，闲话雨兰的艺术生活，恰如藏书票中的一杯咖啡，简单中，自有一种味道。

把每一天都过成内心的节日，在她的博客上有这样一篇文字。是的，对艺术家来说，繁华终将过去，再美的花也不可能长久盛开，若把每一天都过成内心的节日，那种丰盈、自在的状态，才是最美好的事。

# 小松成长记

　　浙江桐乡是丰子恺、木心的故里。在桐乡，年轻一代的作家当中有王立、夏春锦等人，这当中少不了吴浩然。他是丰子恺研究专家，著述涉及漫画、文化史等方面，曾当选"嘉兴市十大藏书家"。

　　2002年7月，吴浩然来到桐乡工作。随后在丰子恺幼女丰一吟的帮助下，着手研究丰子恺的文学、漫画艺术。随后他相继出版了有关漫画、丰子恺研究的书数十种。除此之外，他还积极地走进大学校园、图书馆，推广丰子恺艺术。

藏书票以丰子恺的漫画，将一棵松树栽下，"小松植平原，他日自参天"，既是"小松"自然成长的结果，也是象征着吴浩然的艺术成就，在未来会越来越大。

我跟吴浩然早就在网络上相识，并读过他主编的《杨柳风》杂志，其后，在读书年会上一见如故。聊书聊漫画聊网络时代的文学，相见恨晚。他出版了新书，也总会寄来一读。这常常让人感念，书友之间的阅读情怀至大。

像"小松"这般的状态，也是读书人的最佳状态，无须急功近利，沉下心来，在那一片天地里，研究出个子丑寅卯来，也就是"自参天"了。吴浩然在文学、艺术的追求，正如"小松"那样，让人羡慕。

在行色匆匆的人生旅途中，感受人世间的真善美，这是丰子恺的追求，也同样是适用于吴浩然的。

## 童话世界

记不清楚是怎么开始关注到忘了小白，也许是网名的缘故，也许是其他原因，不详。在虚拟世界，所谓臭味相投，完全是趣味的相似。反正是在微博上遇到这样那样的人物，多了，若是每个人物（ID）都记录下来，一定是繁复的人物关系图吧。

后来，我才知道忘了小白是《童话世界》杂志的主编，也还是"小马过河"电影沙龙成员。想来一定是文艺圈人士。但没有见过面，网友、书友常常是这样，远隔着距离，却亲近得不得了。与忘了小白的认识，也大致如此。

去年，我因缘去西安，在文川书坊喝茶，微信上一广播，中午就来了十多位朋友，见过面的没见过面的，聚集在一起。这其中就有忘了小白，大家喊她小白。我也跟着称小白。她带来了一大沓书，都是最近出版的新书，"有空翻翻"。

在藏书票里，小白隔着一座湖，蓝色的湖，远眺雪山，白雪皑皑，好像有冷冷的风吹过，忍不住让人打一个哈欠，天空中有几只飞鸟掠过……这样的场景，诗意。

也许那里隐藏着一个童话世界吧，但好像不是秦岭的雪，是哪里的场景？记忆不真切，好像记得她说过，每个人都有属于自己的一片森林，迷失的人迷失了，相逢的人会再相逢。是的，一切似乎早已注定，无须过多解释。

《在漫长的旅途中》，星野道夫说，"人的一生，总是为了追寻生命中的光，而走在漫长的旅途中。"我们走过的，只不过是许多驿站罢了。

## 自然的底气

　　熊召政说，徐鲁也是一位不事张扬、只管耕耘而莫问收获，默默地为文化和书香的大厦不断"增添砖瓦"的优秀作家。徐鲁青年时代以诗成名，年龄稍长则以散文、儿童文学立足于文坛。

　　我买过徐鲁的不少书，也听过不少朋友谈起他，"是一位坐拥书城的安静的读书人"。这与今天所倡导的全民阅读无关。他总能在书中发现有意思的人和事，这一点远比喝酒、吹牛更为重要一些，所以一些作家是"专业作家"，却数年不见一册书出版，他却每年都有新作亮相，这是作家之间的差距。

　　徐鲁说，这款套色版画藏书票的图案，是两朵白瓣、黄蕊、绿叶的灿烂白菊，上端是拉丁文的书票标记，下端是"徐鲁喜读之书"六个繁体汉字，小小的版画散发浓郁的自然气息，也正是我所喜欢的"小清新"风格。我猜想，文川先生为我创作这款书票，大约是取自我的一首名为《白月光菊》的短诗的意象。我与文川先生素不相识，且山水远隔，这份因书香而结成的文缘，我从心底里深深感激和珍惜。

　　文人之间的那些情怀，也是独特的风景线。在藏书票的世界里，徐鲁偏爱小清新，那是自然的气息，也是文化的底气。从这白菊里，我们似乎可以读懂对书的喜爱之情，不会因物理距离的远近，成了阻隔，同样是有一份文人之间的互相"珍惜"。

## 与灵魂的对话

长安柯林是多面手，诗、随笔、小说，都能写一手，且写出的东西蛮有市场。我跟他认识时间不算长，走的却很近。那是因为有着对阅读的同样喜爱。

如果不是朋友特意介绍，我还不知道他曾是医院院长。此前，我也见过一些官员作家、诗人，那些只是外在的衣装，一聊天，俗不可耐的多矣。第二次见柯林，他从院长职位上辞职了。每天看看书，写写字，锻炼下身体，也蛮好。他这般说。没有矫情，他说，人嘛，就是轻松地活着，以前太累，不想做的事，又必须做下去。

柯林就像藏书票里的那棵树，追求的是自由生长，不只是关乎灵魂，更与自由表达相关。写《柯林品三国》，是因有许多话要说。写《玉纸》，是因对故乡的传统文化有热爱。至于诗歌，那就无须多说了。

不过，在长安诗坛上，他是异数，很少参加诗人的聚会。他像孤独的骑士，在诗歌里纵横，"我仍将继续赶路，一直到达路的尽头，我仍将继续思考，用我的一生去寻找生活的答案，寻找人生的真谛和生命的意义。"

写作，是为了灵魂的对话。如果说医生是救赎人的身体，写作则上升到另一个层面，柯林用行动在践行的，正是一个诗人朴素的情怀。

# 奇异的灯光

　　每个人所羡慕的对象都有所不同，这种差异，构成了我们丰富多彩的大众生活。许新宇是医生，业余爱读书，也喜欢收藏古旧灯盏，更喜欢静夜灯下的情致，且取网名"灯下醉"，并建博客"灯语斋"，他说"不如像君子兰一样，做一个安静有才德的人。"他写有读书日记，可见其交游、阅读的广泛。

　　藏书票选取散发出光与热的灯，其一是与职业相关，那种求真求实的态度，是来不得一星半点的虚假。其二是阅读中的灯光，也与新宇的博客精神暗合。刚好，他曾出版过一册《灯下集》，亦与此相关了。且说在书册上的自序仅有两行：青灯黄卷寂寞影，北窗传来读书音。恐怕是最短的读书序言了吧。

阿滢说："新宇兄也是一位骨灰级书虫，藏书颇丰。"又，袁滨说他："像所有的书痴一样，许新宇读万卷书，行万里路，不仅醉情灯下，也喜爱着阳光下的风景。"

在上海的读书年会上，新宇是最后一个到的，又是最早离开的，匆匆一面，让书友欣喜复又遗憾。许多书友并不是时常能见面的，但因网络因书相聚，虽远隔千山万水，却依然都感受到对书的热度。每每打开新宇的博客，就好像走进了他的"灯语斋"。

刘易斯·布兹比在《书店的灯光》里说，我想使我驻足的正是这种突然的繁荣，它像是长在人行道上的一颗巨大的、奇异的、长满书籍的藤蔓。对爱书人来说，阅读的世界，是奇异的世界了。

## 芬芳的玫瑰

读书圈里的人，也是形形色色，有的沽名钓誉，有的真心向学，有的热衷名利，有的只为喜好。子张当属于最后一种，他写诗也写散文也写书话，自有一番风景。他的《一些书一些人》《清谷书荫》《新诗与新诗学》，各有味道，也是独抒己见。我爱读。

我看到子张的介绍，原来他也曾泰安教书。想我去年经过泰山脚下，喝茶发呆，若早一些时候出行，也许可约着聊天。当然，泰安还有公益人寇延丁，在成都数次相见，想起来都让人觉得温暖。

一叠书，是案头的读物，我没走进子张的书斋，但从字里行间可感受到浓浓的书香气。一只伸出来的玫瑰，让书房多了几许新气象，在安静的岁月里，几册泛黄的旧书，沉浸着怎样的人文掌故，钩沉出来的人与事，却与那个时代是亲密的，这就够了。还原阅读的本来面目，不正是这样的钩沉吗？

在读书年会上，数次跟子张相遇，听他聊书，我感到意外的是，他对诗坛也是熟悉的，且与不少老诗人都有往还。这在今天看来，都是难得的雅事。但在子张看来，也许不过是教书之余的乐趣吧。

有趣的文化人，可爱。子张说人书事，哪里是借别人的酒杯浇自己的块垒，那一种人文情怀，才是最吸引人的。

除了教书、写作，他还创办了《参差》《手艺》杂志，如此，阅读的半径不仅有了拓展，生活也就多了乐趣。

毕亮，又名毕守拙，又名毕梓桐。他是多才多艺的才子型作家，在多个文学领域纵横驰骋，出手不凡，各大媒体上，他是常客。

事实已证明，八〇后青年，不只是有郭敬明或韩寒，也还有像毕亮这样的人物出现，是时代之幸（代际区分作家，实在是有些莫名其妙）。

他曾引用阿尔弗雷德·纽顿在《书海猎趣》的话说：没有一个藏书家可以没有自己的藏书票，而一张藏书票一旦插在一本书里就永远留在那里了。一个优秀的藏书家的藏书票成了某种保证，它给书增加了几分趣味和价值。

无疑，毕亮的藏书丰富而多彩。如果我们仔细考察毕亮的读与写，不难发现他的阅读史，即是一部当代中国文学史。藏书票上，在书架前，有一把火炬，那是装置艺术，象征着青春、阅读、活力（往常我读书都要泡茶、喝茶）。我又想起老作家的枯灯、寒茶，与此相对于的是显示出时代的新精神。

他在一篇文章中自叙，想着，想着，我感觉自己睡着了。因为做了一个梦，梦里我跟着风走，走到河道捡石头，走到草丛里捡蘑菇，遇到一个不大的蘑菇圈，足够我们吃一顿。这也是他自由的精神状态。

通常，我们要区分一个作家，就在于认识其作品的厚度，毕亮不似刘亮程，也不是李娟，他是从内地到新疆的精神流浪者：为了自由，越界读书，越界生活。

## 好书之徒

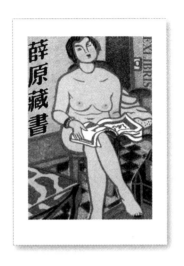

　　认识薛原的人都很佩服他，精力好，读书快，做事靠谱，不管是编报纸，还是编书，不管是写专栏，还是生活，都有着很多的魅力。

　　算来，认识薛原也快有十年了。那以前，他是水手。漂泊在大海上，孤独自不待言。也正因了解海洋，才有了对生活独到的见解。比如他谈论画家，跟时下的潮流，有不同的意见。他淘书，只淘新书，不爱旧书店。

　　有一年，他来成都参加读书年会。我陪他逛书店，走马观花，一日逛尽成都的独立书店。这一等热爱，真是非普通爱好者所能比。他说话的语速极快，却又能一把抓住问题。真是一个有趣的人。

萧轶记他在南昌的讲座事：薛原老师说，曾经他在青岛我们书店购书之时，店主要送几册旧书给薛原老师。薛原老师顿时推却掉了，说，我给你讲个故事吧。古代的皇帝晚上叫妃子过夜，都是让太监把妃子的衣服剥个光溜溜，再用毯子裹起来让太监背到皇帝寝室。店主笑言，我们店主就是太监咯？一般来说，爱书者，没有不爱旧书的。好多爱书人都以收藏旧版书为荣，譬如南京的徐雁。可是，当徐雁老师前往薛原老师书房之后，发现皆为清一色的新书。徐雁老师便当场问及缘由，薛原老师如上所述告知缘由。徐雁老师笑言道，你不是读书人，是个好色之徒。

文川所设计的藏书票，是一位美女摊开一册书，书搁置在腿上，那是二郎腿，只见她赤身裸体，与书相亲相近。那一种安闲与自在，真是一种幸福。

想着薛原的爱书，不禁哑然失笑。爱书的人心里都存在着一种崇高。唯有赤裸的灵魂，才能与书相近。

## 朴素的定格

认识子仪的时候，她的笔名是梦之仪，再后来就是子仪了。我没问过她笔名的来历，也许是另有深意也未可知。

子仪除了上班之外，还义务为上海巴金故居编辑《点滴》双月刊。她最早的一部《嘉禾流光——追寻嘉兴文化名人的足迹》在台湾出版，说是我推荐出版的，若不是她在《新月才女方令孺》里旧话重提，我都忘了这事。说来，跟不少出版人熟悉，也间接地向一些出版人推荐这样那样的书稿，有的出版有的没出版，其间的故事也还真不少，平时记住的却不多。

这是闲话。2013年10月，黄永玉先生到西塘游玩，遇见子仪，就画了这张速写。事后，子仪回忆说，讲了几个故事之后，突然黄先生主动给我画起了画来，给我画完之后，又给范笑我也画了一幅。我们大喜，这太意外了。出自大师之手，那时的我被定格。兴奋、激动、喜悦等等，各种美好的感觉一起向我袭来，有谁能体会到我这时的感觉？只有我自己最清楚。

后来，在读书年会上见到子仪，她送了张藏书票，画得很传神。虽不能欣赏黄永玉先生的速写原作，能得一张藏书票，足矣。

几次见子仪，都是在读书年会上，给人的印象始终是朴素的。如今出版几册书都成"著名"人物的人多了去了，所以子仪的朴素，更为难得。

# 文化守望

流沙河八十后藏書

　　沙河老师八十岁后的转型，让人颇为惊讶，从诗人到散文随笔再到古文字解读，这似乎才找到安身立命的场所。

　　偶有文章娱小我，独无兴趣见大人。这副对联见读书人的精神。

　　近年，对文化老人的拜访越来越少，闲谈扯淡之适宜于年轻人，过于热情的拜访无异于一种打扰。我拜访沙河老师，多在东风大桥桥头的天然居茶园相见，喝茶闲聊，也颇自在。若是遇上他不在，也有一群人喝茶，亦好。

喝茶场景，历历在目。坐一把竹椅，捏一柄折扇，饮茶闲谈，偶有拜访者，可在此喝茶交流，自由自在，若是有事也不妨先走，随意，见性情。

我看藏书票中沙河老师的坐姿，就想起那些喝茶旧事。成都文化人有个好习惯，不管是哪一派别，只要有兴趣，都可坐下来摆谈，年轻后进也不妨在此亲近长者之风，又能得饮茶传统之风趣，倒也是亲切的茶馆聚会。这也让人想起蒙文通先生在茶馆考学生的旧事。

文化人年纪愈大愈少从文，概因从文日久，难免假话说不少，年老需活得"真我"。沙河老师却不这样认为，珍惜光阴，除了著书，也在每个月在图书馆传讲古诗词之美，以切身经验传承文化。我去听过数次，每次听讲者都是满堂，台阶上更不乏席地而坐者。

文化需不同代际间互相守望，形式可多样化，只要目标一致，适宜就好。在茶馆里，遇见沙河老师，以及形形色色人物，倒真是一个小天地里，阅尽人世间的风华。

写
意

　　理洵曾在文章中说高信先生："于长安城来说，应算是墙里开花墙外红的人。他原名李高信，后用笔名高信，因而有人称他李老师，也有人称他高老师，不过他确实曾用原名发表过作品。他的文字很朴实，正如给人的印象，也是一位朴实的先生。"

　　内蒙古作家冯传友说，高信学生时代即喜欢读书，中学毕业后参加工作，长年坚持自学，写作。从研究鲁迅起步，曾从1961年起坚持剪报，积累成《鲁迅研究资料》专题剪报四十余册。后拓宽至研究版画、漫画和现代文学版本等领域，是目前较为活跃的书话作家。这是旧话，如今是难得读到一篇高信先生的新作了。

2010年，第十届全国民间读书年会在成都召开，那次会议上初见高信先生，感觉如理洵所写的那般，是温厚的长者。后来，就难得见他一面了。

一张书桌，青灯，黄卷，打开的书页前，放着一只墨水瓶，里面插着一支笔，正准备随手记下阅读的笔记吧。在前面一些，是一叠书册。大约是案头的必备之书。窗外有柳枝飘动，真是一幅诗情画意的作品，这可让人想起高信先生写作、阅读的场景。恰如他的《书房写意》中所言：坐在书房里，随意翻读收存的旧籍新书，偶有所感，就移坐到电脑前，敲出自己的所思所想，正是"写意"。

近几年，高信先生因病，外出参加活动少了许多。几次去西安，想去拜访，又觉得有打扰的嫌疑，从朋友听到他的消息，就已经足够了嘛。

## 温文尔雅

　　虎闱是陈克希先生的笔名，人称"民国书刊老法师"。虎闱先生出身书香世家，祖父陈慈铭曾是上海"戏学书局"的老板。父亲陈伟仑曾就读于上海新闻专科学校和太炎文学院，后进入文艺出版社任曲艺编辑，一家子都与书有着不解之缘。

　　爱书人姜晓铭说，虎闱先生博学为文，真诚待人，注重朋友情。潜心故纸情，是一个性灵的读书人。我跟他相识于全国民间读书年会，每次见面，都可听他谈故纸堆的掌故，也见识不少书友向他请教图书版本常识。

在株洲的一次书刊鉴定会上，虎闱先生精心准备了资料，介绍不同时期的图书情况，并详细做资料准备。当时我正计划写一册书籍史的书，他就把资料赠给了我。可惜这册书至今也还没完成。

"茶不离口，烟不离手，书刊在侧"，大致可以概括虎闱先生典型的一天，这三件生活必需品在他看来是"纯粹喜欢，很自然，不为别的"。这是他的书生活。

且看藏书票上的图景：书桌之上，一册打开的书，旁边的墨盘之上，放着一支毛笔，在书前，放着笔筒，里面插着几支笔，想来，也是顺手拿来写字的吧。

书里书外，书林掌故，在虎闱先生看来是如数家珍。1995年开始写古籍版本收藏、拍卖文章以及民国老期刊和旧平装书话。先后出版《旧书鬼闲话》《旧书鬼闲事》等书，数量不算最多，影响却极大，不少爱书人以此为淘书的捷径。

像虎闱先生这样温文尔雅的老先生，在读书界，也是越来越少了。

# 爱书人的深情

　　学人赵国忠近年写的多是关于现代文学的读书随笔。近年来，工作之余，兴趣都放在了现代文学史料的挖掘上，重点则是名家佚文。于是，范烟桥的《鸥夷室文钞》、于非闇的《都门四记》、傅芸子的《人海闲话》和熊佛西的《山水人物印象记》都赖国忠先生整理得以出版。

　　除了钩沉现代文学史料之外，国忠先生先后还出版有《春明读书记》《聚书脞谈录》等书，每次见到他，都能听到他爽快的笑声。

关于藏书票，国忠先生说："我以为他制作的那张'梅阁'书卷意味浓，很典雅，但陋室无'梅'。想到室外倒是有一棵柿子树，是我们当初搬到这里时种下的，至今有三十年的树龄了，曾给家中带来过许多暖意。比如前些年母亲受疾病折磨，起不来床，一到金秋时节，总会自言自语地问：'树上结柿子了吗？'当把挂着枝叶结着盈盈硕果的柿子拿到老人的面前，会看到微笑，那是长期受病痛折磨难得见到的微笑，之后老人家还不忘叮嘱一句：'别忘了分给邻居们尝尝啊！'如今我那慈祥善良且与病痛抗争多年的母亲已去世了。这次文川先生为制作藏书票来征求吾意，我的意识不知怎的从"梅"流到柿子树，便提出把柿子树作为一个图案元素的请求，于我当然有怀念母亲之意了，而其他的元素组合任凭文川先生自由发挥他的艺术想象。"

想不到这张藏书票，还有这么多的深情，这也是爱书人的深情。自然，对国忠先生又敬重了几分。

# 品茶听鸟语

EX LIBRIS

張寶林藏書

　　知道《华夏时报》，是很早以前的事，但我没有想到张宝林先生是其第一任社长。有人称其为《华夏时报》张宝林时代，那是创业的艰难。他是《大公报》老记者高汾的女婿，其夫人高宁见证了宋彬彬为"文革"的道歉。这真是有故事的人。

　　宝林先生能书能诗，标准的文化人，曾出版有《各具生花笔一枝——高集与高汾》。他写《小园》：半分园里有花开，什么名儿叫不来。架上葡藤堪避雨，石榴羞涩欲藏埋。也有《檐下听禽》：晶莹紫玉挂藤枝，正是园禽偷眼时。几处呼朋鸣左右，三番觅隙计栖离。盘中已满何须撷，棚里还多只管窥。我自品茶听鸟语，低檐细雨写闲诗。诗意缤纷，也许是经历过几番风浪之后的宁静。

我在宝林先生博客上看到，他是如此说藏书票的：画面最重要的景，是几株高大的云杉，位于书票的左侧，占据了画面的小一半；近景是河边的草甸，黄绿相间；远景则是对岸的一抹青山；天上，隐隐约约有个圆圆的太阳，也许是月亮，黄色的，不注意看不出来。我想，整个画面，大概寓意了我的名字。

后来，他曾写诗赠给藏书票艺术家崔文川，诗前有小序：崔文川，山西定襄人，现居西安。著名收藏家、版画家、书籍装帧设计家。前曾为我设计藏书票一枚。今又收到为我印制的书斋名笺十封，请他为邵燕祥先生印的书斋笺纸（斋名由我代书），也同时印了。特作小诗以记之。其诗曰：蝉翼飞来趁好风，文川手泽得亲承。藏家谁不知崔氏，米贵之都有令名。

书人往还，俱见深情。

# 轨迹

　　在《张居正》四卷本出版的时候，出版社做过一场活动，他说修订《张居正》的故事，让人见识一个小说家的写作严肃性。后来听说他为了小说的细节，专门去日本阅史料，去西安查旧籍的事。历史小说，常常需踏访历史现场，如此才能洞察那些不为人知的小细节，或许正是影响到历史的转折。这一点，似还不足以为当下的小说家所认可。

　　那是我第一次见到他，印象算不上深刻。后来，网上就见到熊召政跟野夫之间的"告密"故事，其中的真假如何，似还难以有个定论。

藏书票所选取的是梨园书屋，院落里古树苍劲，屋子里两个人闲话，田园风味，宁静中有风掠过，吹动的是历史的一角，整个构图，颇有讲古的味道。

熊召政曾说，每一种文化的兴起和陨落，都有自己的轨迹。我个人偏好是挖掘中国文化中积极的、向上的、奋发的、引人自豪的这部分。他又说，读史书的益处在于，让人拓宽视野，扩大心胸。同理，写历史小说，大抵也可作如是观。

江湖恩怨，爱恨情仇，从来都是生活里不可或缺的佐料。他为《张居正》禁酒，为《司马迁》进酒，都是一种性情。至于熊召政所演绎出的明朝风景，"我们仍可以说明朝的风景大有看头，这乃是因为明朝的社会形态与政治形态，都是中国历史中独一无二的范本。"这种观察，似也较少为人关注的吧。

## 别样的含义

豐一吟藏書

　　丰一吟老师的画风，有乃父丰子恺的味道。我见过她为丰子恺的作品所画的插图，内容极为相像，若不是细加甄别，也许就错以为是丰子恺的作品了。

　　这几年，接触读书界人士较多，间接地听到一吟老师的新闻。有一次，去上海，几位爱书的朋友去拜访她，邀请同行，我却婉谢了。说到底，能看她的书册以及插画作品，似已足够，无须登门拜访，求得一册签名本，或者给书斋题个名，看似风雅，实则是让老人受累。

当然，这也可理解为后生对前辈的尊重吧。

一吟老师坐在书桌前，摊开着一册笔记本，在上面写写画画，在书册的左边是一封打开的信件，也许是等着回复的信件吧。其背后是一扇窗，窗台边上的花瓶里，插着一株花。在恬静的日子里，老人以研究丰子恺度日。那一份快乐，是难以形容的吧。

多少故事楼台烟雨中，往事已不可追，但其中的故事如今回味起来，似有别样的含义。丰子恺先生曾言："画虽小道，第一要人品，第二要学问，第三要才情，第四才说到艺术上的功夫。"而一吟老师践行的正是父辈的言行，这也很难得。

这几年，丰子恺的漫画成为收藏的热门，相关的图书也还有不少。但像丰一吟和吴浩然那样，以研究其作品、传承文化的也还是太少了些。挖掘、整理文化，看似琐碎，却也还是弄清楚真相之后的传承。倘若只是一味盲目地继承，缺乏了研究，传承的文化也是一笔糊涂账吧。

# 归宿

　　如果不是看到藏书票，我都忘记了老作家峻青。他是当代著名作家、画家，先后创作了《马石山上》《党员登记表》《黎明的河边》《老水牛爷爷》《秋色赋》等大批红色文化经典作品。

　　记得小时候读过《海滨仲夏夜》，有乡村生活经验，有海边生活，似乎一下子拉近了距离："让这些英雄的人们，在这自由的天幕下，干净的沙滩上，海阔天空地尽情谈笑吧，酣畅地休憩吧。"

　　峻青早就学过画，在1949年之后，擅长山水、人物、花鸟画，尤以梅花见长。丁玲曾向峻青求"梅画"，不料未能如愿，丁玲在 1987 年 3 月逝世，峻青悲痛万分，写下了悼念长文《梅魂》。这样的故事，也还真不少。

三棵高大的树矗立着，象征着人文精神。远山近水，缥缈人间，历经苦难，终于换得自由。小说与现实，虚构与生活，总是交织在一起，丰富着人生阅历。但多少年来，对小说的"误读"实在是太多，结果小说只是描摹生活的一种功能了。峻青从小说到绘画，其身份的转变，既有偶然因素，也多少是必然的吧。那些小说、绘画作品，有多少人还记得，都没关系了。

晚年的峻青生活多淡定平静。多年前游湘西桃花源，曾写过这样一首诗："尘世岂有桃花源，探幽何必问假真。但得众生爱心在，人间处处武陵春。"桃花源在现实语境中，固然不可得，但能体味出人间大爱，就已足够，风风雨雨，人间最难得的美景是什么？是爱，也是温情。这大约也是一个人最后的归宿吧。

# 文化的孤儿

　　二十世纪八十年代，爱看电影《小兵张嘎》《闪闪的红星》，张嘎、潘冬子的形象真是深入人心，好像在祖国大地上，遍地都是如许少年。多年以后，忽然发现那时的故事，简单朴素，却极容易被荧幕上的人物所感动。今天看来，多少有些幼稚吧。

　　后来我才知道这是老作家李心田的作品。现在读红色经典的时候少了，就好像是少年的梦想，不易被碰触，总怕会丢失在暗夜里。不过，那时的作家写出一册成名作，似乎就已江郎才尽，难以看出有新成就的作品。

这也许是那一代作家的宿命。潘冬子今天还在吗？似乎是很难回答的问题。张期鹏有文章回忆曾拜访李心田。"今天，张养浩的美名早已传至国外，很多人对他极为敬佩。但据说在国内某个大学的一次聚会上，一个外国留学生朗诵了他的《山坡羊·潼关怀古》，我们的老师、学生竟然不知是何人所作。真是耻辱啊！"

科技与工业文明的一代，远离了古典文化，生活中少了亲近的机缘，自然难以再回归到古典时代的中国，电子产品看似资讯传递迅捷，却难免成为孤独的个体，因之在物欲中寻求满足了吧。

老作家怀想那段光荣岁月，却是早已不再。闪闪的红星，依然挂在天空中，却已是沧海桑田。这一重转变，是必然，倘若仅仅怀抱过去，没有勇气迎接新的未来，无疑，是会被时代所遗弃的。在今天来看，我们多数人都是文化的孤儿，仰望星空，所看到的世界，也是大不相同的。

# 江南的气韵

认识祝兆平先生，是源于读书年会上。第二次见面之后，就收到了他寄来的《书斋夜读》，毛边本，清新雅致，舍不得读，就又买了一册平装本来读。兆平先生是藏书家，也是媒体人，"悠悠三十多年的岁月，从来没有停止过读书。"

与有崇高的阅读理想的人相比，兆平先生的追求应该算是不高的吧："我读书是为了做明白人。"不过，读书这回事，如果越读越糊涂，也就失去了阅读的要义。这看似基本的要求，实则是至高的学问。

一名穿旗袍的江南女子坐在书房里，有两只猫在，一只躺在女子的怀抱里，另一只则在其背后，不时向镜头张望，似乎偷窥到了阅读的秘密。闲静、舒适、慵懒，此类的词语正好可形容书房主人的读书状态。外面世界变化太快，又有什么关系呢。

王学泰曾在文章中说，我有幸参观过兆平的"书斋"，那是苏州城外的一座三层小楼。有两三百平方米吧！大约有三分之二的空间都储存的是书，在这样的"书斋"中"夜读"，令我羡慕不已。这也是藏书票里所蕴含的意思。

文章很是短小，内容却很出彩，思想更见深度，精神愈现闪光。这也是爱书人越来越喜欢读短文的缘故吧。因之，他看钟叔河先生的文章，"文风是新的，意思是深的。"这大约也是兆平先生追求的境界，我看过他的不少文章，都以短小见长。

所谓读书人的有意思，不正是在这不经意中透露出来的气韵吗？

传承

2013

　　故乡离南京很近，却从没去过。倒是与其远隔了千山万水，才去走了一回。去南京，当然要拜访当地的书店、文化人。就我所认识的有十多位，其中就有薛冰先生。

　　薛先生学识渊博，著述颇丰，且每一种书都叫好叫座，读者众多。又热心南京地方文史考证，身体力行关注南京古建筑，且走在第一线，像他这样的作家、学者不多见，故有薛南京之称。

　　藏书票里是一幅盆景图，盆景虽小，却也还是大千世界，各有趣味，其中的花束集合了色彩斑斓的花朵，看上去既赏心悦目，又有美学享受，这样的小风景，也是独特一景。想来是薛先生所涉及的研究范围广成就高的缘故，才有如此"盛世华年"的奇景吧。

数次跟薛先生在读书年会上淘书、聊书，收获不少。每看到喜欢的书，总不忍下手，我却觉得书太多，也是一种负担，哪里能更轻松地享受阅读的乐趣。如今做个藏书家不易，不仅要会淘书，也需藏书的场所，这些条件限制，让爱书人也是常常望书兴叹。

不过，薛先生藏而用，也就发挥了藏书最大的功效。他的不少著作，都是从书中来，这种阅读的升华，正是对书的最佳诠释。

曾经，爱书人以自己的方式编书刻书，使文化得以持续传承，而今天的严肃写作，几与此相似，但又有发展，是将文化的整理挖掘之后的思索，也是对传统文化的再探索。

# 追求

　　贺敬之是老诗人了。《回延安》曾风靡一时。我还记得读中学时阅读这首诗的情景，好像是有无限的革命激情在，但那多半是文学想象，与现实图景无关。当然，这也是诗歌所呈现出来的魅力。

　　这也是对民谣的启蒙。但在以后的岁月中，民谣精神越来越少，以至于足够回味的诗歌越来越少了。有人说，提起"贺敬之"这个名字，人们就会把他与歌曲《翻身道情》《南泥湾》，歌剧《白毛女》，诗歌《回延安》《桂林山水歌》《三门峡颂歌》《雷锋之歌》《西去列车的窗口》等名作紧密相连。

抱歉，对我这一代人来说，却未必有那么多深刻的记忆。藏书票中，一棵生长的万年青，象征着贺敬之的诗歌精神，以及那一代革命青年的激情。那个时代最值得缅怀的即是天真烂漫，犹如《山楂树之恋》那般。

诠释诗歌的精神，常常我们在乎的是其是否主旋律，符合时代精神，但与此相对应的，却忽略掉了人文价值。就这一点看，贺敬之的诗是跟得上时代的，但当历史掀开新的一页，也就难免"落伍"了。这是那一代诗人、作家的宿命。

万年青，常青树。红色经典，在今天被提起，也就多了一重深层的含义。加缪曾说：我从不曾放弃过追求光明，感受存在的幸福，向往少年时自由自在的生活。这也是诗歌精神的一部分。

# 舒适感

有一年，作家古农主编本色文丛，其中有本胡世宗先生的日记《文坛风云录》。他是军旅诗人，出版作品多种，我阅读却不是很多。2006年8月，春风文艺出版社出版记录岁月长达四十六年的《胡世宗日记》（八卷本）。像他这样写作日记的作家，大概也是少数。

胡世宗的名字虽陌生，但说起他的儿子系音乐人羽泉之一的胡海泉，就为大众所知了。胡世宗年纪大，却一样开博客，开微博，他跟这个时代没有"代沟"。像他这样的老作家与网络亲密接触，也难得。

藏书票以青铜铭文当中的夔龙纹出现，古雅而不失中国格调，也正象征着胡世宗的文学成就。胡世宗曾说，我觉得写日记就是自己与自己的对话，写日记的时刻是人生最美妙的时刻之一。我把我的日记看作是自己的生存记号。对写作，大约也可做这般看待。

海泉曾在《最美》中写道："我的父母很开明，他们给了我一个幸福而无拘束的童年，他们对待孩子的态度很民主，愿意听取和尊重孩子对一些问题的意见，我想自己现在的开朗性格以及愿意接纳和尊重别人的意见都得益于父母的这种开明态度。"从这个侧面可看出这个家庭的平时风气。而这也是中国文化的传承。

胡世宗对电子阅读不排斥，不过，他认为纸质书有着独特的魅力："人们有阅读纸质书的传统，它的魅力在于给人舒适感和满足感。白纸黑字的阅览和抚摸纸的质感让人喜悦，这是电子书无法比拟的。"

## 向上的力量

　　早就知道谢大光的文章极好，也曾读过若干。他曾主编《慢读译丛》，"优秀的文学读物，其影响常常有一个发酵的过程。世事纠结，人心多变，不变的因素，要多少年以后才显现出来。我们不奢望眼下就有的影响。"这就是他做编辑的态度。

　　以真诚抵抗荒诞。有人说谢大光：无论述己，抑或论人，就格外看重了。今天重读，几乎每篇都写得有情致，有见解，有分寸，说真心话，以真诚为本，倾注自己的心血，渗透到每一行文字之中，好似太阳之于每一滴水。

藏书票中，散发出光和热的灯光，正如同他的名字一样。在不少作家、诗人的记忆里，他的形象就是如此，如凸凹说："我与谢先生素有交谊，他对我的散文取欣赏态度，曾致信于我，热情洋溢地予以鼓励。"刘北平说："他个子中等，脸像端方，看人总是带着微笑，充满了长者的慈爱，每每谈及他人的作品，多有赞美之词。"

这样一个温厚的人，从笔下流露出来的文字，也带着温情，给人以向上的力量。作家是什么？是揭开生活的真相，让大众读出其中的酸甜苦辣的滋味。若是一锅乱炖，就丢失了不同食材的味道，真是可惜。

善良，真诚，理想，友爱，审美，这些关乎心灵的事，永远不会过时，永远值得投入耐心。他说，在阅读上，不必刻意追求速度的快慢，保持自然放松的心态，正像美好的风景让人放慢脚步，细细欣赏，读完之后还会留下长长的记忆和回味。信然。

# 识见

　　对文化老人，我常常怀有一种敬重，极少愿意去打扰。生怕一去破坏了闲静的生活。但若是有朋友约着一起去，那也就多了一条"理由"。去拜访钟叔河先生也是如此，薛冰、彭国梁、舒凡都是师友，他们一同去拜访，我也就跟着去了。钟先生的书，林林总总，也看了不少，我写过几篇文章谈他的书，算是熟悉的"陌生"。

　　那次拜访之后，我寄了几册书给钟先生，算是做个纪念吧。他很快回了封信件。如此算是接上了头。

第二次去拜访钟先生，是邀请他参加在株洲的全国民间读书年会，他参加不了。那一天，聊天到很晚。

聊天的时候，钟先生还说起了藏书票，很喜欢。他说，有不少朋友喜欢签名本，现在写字少了，难得写。刚好文川要做藏书票，我就说做赠书票吧。这样我就轻松多了。把藏书票当赠书票，这还是第一次见。

尽管钟先生说自己不是出版人，但其出版的《走向世界丛书》《周作人的书》等等，真是影响了一代青年。正如藏书票上的灯火，看似燃烧的时间不长，也未必是那么明亮，却能够照亮前行的路，这就够了。

后来有一本书叫《众说钟叔河》，收录了许多谈论钟先生的文章，有研究也有争鸣。像他这样的文化老人，真不多见。好话歹话，在他，听过就算，哪里用得着那么计较，倒不如把时间花在做自己的事情上去。这种识见，不是高人，还能是什么呢？

## 读书人的本色

EXLIBRIS
韩三洲藏书

　　有一篇文章说，北京的韩三洲先生著有《动荡历史下的中国文人情怀》《说实话的日子不多了》等作品，他常于拂晓之时赶往潘家园淘书，堆放家中的书籍将有限的空间塞得满满当当……我没跟韩先生淘过书，想来也是有趣的事。

　　第一次见韩先生是在株洲的读书年会上，他一个人喝酒，我就跑过去，聊了几句，也不够深入。后来就断断续续地听说他的故事。丁东有文章说，他的职业是医生，却酷爱文史，写了很多读史笔记，散见于国内报刊。我想他是跟我有些相似，是内向的。他又说，韩三洲知人论世的观察能力，不仅来自于书本知识，而且来自于家庭氛围。韩三洲得益于岳父何家栋。这可看出文化渊源。

丁东称他是"独具只眼的民间史家"。在藏书票上，简单的构图，几样水果，鲜艳、显眼，那是饭后的小食，还是零食呢？抑或是一种象征。我联想到他时常在博客上写的获书琐记，那就是在旧书摊上捡回来的旧册，被当作珍品予以展示的吧。

如今，收藏是热门话题。韩先生却只与书有缘，在京城那个大坑里，各色人物都有，但像韩先生这样的，想来也不少。守着一份文化，挖掘、传承，那是与世事无关的事，只求得问心无愧即可。这是读书人的本色。

可现在在读书圈里，做到这一层的，也不是特别多吧。书可以是摆设，但多数时候是一种精神的象征。

# 一缕曙光

　　书中自有黄金屋，书中自有颜如玉。

　　这话说了很多年，至今依然是至理名言。天津卫虽只有八百多年历史，却是中国近代史的缩影。若说天津是北京的后花园，也恰当。不少文化人或权贵，喜欢扎堆在天津，就形成了独特的文化。我认识的天津文化人多位，都堪称其中的代表，比如罗文华、由国庆、王振良、徐凤文等等。

　　文华先生在天津卫是名人。身份众多，如收藏家如学者如作家，不一而足，文华先生精力充沛，雅好丰富，由此可见。听说他的故事，那真是多姿多彩。但他一贯低调，所以在各个领域虽不是名气最大的名人，却是实力最为雄厚的一位，至于专业精神，那也不在话下，这跟他的勤奋和敏锐有关。

藏书票是一册打开的书。至于书中的"颜如玉"，说来也是藏书票里的一种传统，以裸体与书册亲近，见证的是文化之美。不是有一句话说：要么旅行，要么读书，身体和灵魂，必须有一个在路上。此外，在路上，也不妨视为在阅读上的追求，没有止境。古人有言：活到老，学到老。即是生有涯而知无涯，以此来比喻文华先生在文化领域的探求，真恰如其分。

跟文华先生见面的次数不多，却多在文字中相交，偶尔指点一二，那是受益不浅。都说如今的社会浮躁，学者作为社会的中坚力量，求真求实，却也还是为人称道的地方不少。

文化无须口号，也无须八卦，践行之，总能看到一缕曙光吧。

## 写作不是表演

EXLIBRIS

趙德發的書

　　对山东的印象深刻，尤其是文化人，风格独特的不少。作家赵德发曾出版传统文化小说：《君子梦》《双手合十》《乾道坤道》。其中《君子梦》关注儒家思想，《双手合十》则注目当代汉传佛教文化景观，《乾道坤道》全面反映道教发展和道士生活。好像是在恢复传统文化。

　　如今谈传统，一是已丢失的物质传统，它存在于旧时代，因缺乏相应的土壤丢失了。二是精神世界，随着革命的进行，不合时宜的思想、信仰都在清除之列，但又没有相应的替代品，这也就难免造成了精神困惑。

赵德发想找回的无疑是复杂的中国文化传统。这也正是藏书票上的飞天来源吧。美好的时代，是想象力充盈的时代。可在现实世界里，作家的自我矮化，就难免成为歌德的一派。如何在传统和现代之间游走，并传播适宜的价值观，无疑是一种挑战。

那么，赵德发的尝试也许提供了一种可能。在我的想象里，作家的高大，与对生活本质的探索是成正比的。但看多了现实生活中作家形象，市侩、功利，也就让文化打了折扣。

是的，没有精神的高贵，就难以有高贵的时代。贵族如今早已不存在，唯有传统在夹缝中一息尚存。这是时代的悲剧吗？

文化不是秀场，写作不是表演。尽管有人说，在这个时代每个人都是演员，但我深知，没有文化信仰的时代，一定是可怕且让人恐惧的时代。

## 民国文学的现场

现代文学史料的挖掘，当推上海学者陈子善。经他挖掘打捞出来的作家除了张爱玲、郁达夫等人外，也还有不少不知名的作家如周錬霞、王莹、艾霞、倪贻德、李影心等等，这才让我们有机会看到了民国文学的真面目。

多次跟子善先生相聚，聆听他的现代文学解读，时常是妙语连珠，真不知道他参加许多文学活动外，还阅读不止，精力是何等的旺盛。听其谈现代文学的掌故，倘若有人细心整理出来，怕也是一部绝妙的书话吧。

前些时候，子善先生在微博上说：晨起见文川兄为我制作之藏书票，甚喜，至感！这是第二款了，先前还有一款，一只可爱的小兔，我也喜欢。为我制作裸体藏书票，文川兄是继林世荣兄、倪建明兄之后的第三位，感谢你们。

若以此考证子善先生的藏书票，定然是一篇藏书票的书话。在天津读书年会上，有一个环节是交流藏书票。藏书票艺术家沈延祥先生说，子善先生是中国藏书票研究会最早的会员，由此可见其兴趣的广泛，只要跟现代文学相关的内容，都是有所涉猎的。这种开放的心态，也才有许多文章从笔下流出来吧。

学者当然是有专长，但不少学者常常是局限于自己熟悉的领域，至于相关的领域，却涉足不多。这也是当代学术的困境。但子善先生能打通现代文化的任督二脉，也就能从现代文化里（不只是文学，还包括古典音乐等内容）出经入史，创造出一个民国文学的现场。

# 文人的雅生活

　　几年前，在微博上曾关注过"幸运的出版狂客"，也有交流，后来我才知道他是编辑出版研究所副所长、河北大学读书促进会秘书长杜恩龙。那时上网多关注阅读、出版等方面的人物，后来多是相忘于江湖，但偶尔会关注一下信息。

　　在网上，我曾看到杜恩龙的一份介绍，日均阅读时间六小时，家藏图书一万三千册，主要涉及出版研究、名人传记、日记、书信、手写影印本、线装书、国画、书法、绘本、散文、个人全集等，2014年，他家被国家新闻出版广电总局评为"书香之家"荣誉称号。

全民阅读，这几年做得是风生水起，但实践且有效者并不是太多。像杜恩龙这样的学者，还将阅读付诸实践，比如创办莲池读书会，就是最好的阅读推广案例。读书固然是私人的事，但若没有人引领，又将如何？反过来想想，倘若不是从阅读中受益，岂会有那么多人爱上阅读？这并非是思维的功利，而是这个时代我们的思维总是从利益来考虑问题。

藏书票上是一盏散发出光和热的灯盏，这既可以是个人的阅读行为带来的温暖，也可以是出版温暖世道人心。

他说，一直羡慕古代文人的雅生活，看到古代琴名很有意思，节录一些，与大家分享：九霄环佩、大圣遗音、玉涧鸣泉、万壑松风、玉树临风、雪夜钟声、石涧清泉、沧海龙吟、苍龙啸月、小春雷、秋涧泉、冰清、秋籁、流泉、云和、雷鸣、龙吟、虎啸、绕梁等。这里面寄托了古代文人的雅趣。这灯光，也不妨视为一种雅趣。

## 一重山一重水

　　不少城市有标志建筑，也有标志文化人物，比如长沙钟叔河、株洲聂鑫森、天津冯骥才、南京薛冰、成都流沙河，苏州前有陆文夫后有王稼句。文化的力量在城市文化中所占的比重固然不能像经济实力那样用数据衡量，但也可计数的吧。

　　稼句先生文章风流绝代，在城市文化领域，可谓是独树一帜。我跟他相识时间最晚，却十分投契，把酒闲话，多是勉励有加，每每做什么书，总想着是否可提携一把。这种情怀值得人尊敬。

安武林说他很像魏晋的文人，洒脱，狂放，但又睿智，机智。又，喝酒，能展示王稼句的性格。写字，能展示王稼句的气质。写文，才能展示王稼句的才华。而编书，则能展示王稼句的学问。

书房里，案几上的瓶花，书架上所陈列的书册，一名江南女子衬托出书房的典雅。这让我想起不少朋友去苏州，总不忘到稼句先生的书房里喝茶，那一种景致，似乎才能体验到苏州的现场图景。

去过苏州，在平江路边游荡，却错过了去稼句先生的书房。倒是在老苏州聚会时，顺便拜访叶圣陶故居——那里是苏州杂志的所在地。让人想起陆文夫在此创办杂志的旧事。

江南山水绝妙处，就在于会心与懂得。稼句先生对苏州，那是一重山一重水，风云变幻，却始终保持了赤子心。在书斋里流连的，不再是文玩小品，也非书画文字，更多的是渗透到生活里的刻痕。

有这样的书房，可赏可读，犹如宁静中寻出人间千百滋味，美妙。

## 书架哲学

　　读书圈看似很小，范围却很大。倘若不是梦之仪介绍，可能我认识周立民就晚了许多。跟他见面的次数不算多，交流也不是最多，但能感觉到他为人做事的诚恳。这是跟他在巴金故居工作有关吧。

　　这几年，周立民频频发力，写巴金故事叙说民国文事探讨当下的人文精神，影响非凡。有媒体曾报道过他的书房：

　　当我们参观客厅的书架时，周先生聊起了自己体悟到的"书架哲学"：很多作家生前与另一个作家不和，但是他们的书，现在却被摆放在了一起；这并不是出于什么特别的考虑，有时候只是刚好这个书架上有位置，或者这个位置刚好适合这些书来支撑一下。周先生感慨地说，人的命运何尝不是这样呢？生前的争斗，死后的位置，又有多少是自己能够完全掌握的呢。人的命运和书的命运，原来如此相似。

书房的世界天地大，那是精神栖息地。想象坐拥万册图书的情景，都难免让人激动。周立民说，书不仅仅用来阅读和研究，求书和送书，也是一乐。他到上海读博，跟着陈思和先生做巴金研究，也就有了现在的工作单位，这种机缘巧合，正是阅读赋予的生活。

在书的世界里，远离尘世间的烦忧，内心的充盈，让生活多少有了诗意。我曾读过周立民的日记，真是有些意外，在海派文化盛行的上海，他算不上洋盘，孜孜以求地做自己的学问，这与世界风云变幻又有什么关系呢？

坦言之，安静的书桌，是书人最幸福的生活。

## 最美的风景

黄顯功藏書
EX LIBRIS

　　"我爱书的每一种形态，竹简的、卷轴的、纸质的，我也爱书的每一个环节，设计、印刷、装帧……所有这些我都爱研究，连书的附属品藏书票也让我爱不释手。"在上海图书馆工作多年，黄显功每个周六早晨，会像往常一样，一头钻进他的"黄金屋"——这间十二平方米的办公室，以一种略显壮阔的气势容下了上千本书籍。

　　显功也还是藏书票收藏家。从二十世纪九十年代起积极宣传和推广藏书票，是中国有影响的藏书票研究与收藏者。出版《通用藏书票》《书香艺趣丛书》等多部图书，其策划的名家藏书票已成为收藏珍品。

此张藏书票，意境独特，让人想起小说家陈小蝶的那副名联：水清鱼读月，花静鸟谈天。看似简单的词句，却蕴含了丰富的哲理在其中。也大抵可看出一个爱书人甘愿与书为伴的平和心态。不懂的人觉得那是一种孤独，岂又理解了其中的乐趣呢。

有媒体报道说，早在二十年前，刚任职上图中文采编部副主任的黄显功受任开办上图当时的一家书店——文达书苑，彼时他带领团队一改传统书店陈设，以"上海资料""世界之窗""著译者签名本"等专柜，开创了上海书店行业风气之先；后又通过作家专柜邀南怀瑾共筑两岸文化桥梁，颇受瞩目。

正是源于对书的热爱，才有如此多的创举。当岁月老去，书、藏书票依然在，其风华流动的斯文，是这个时代最美的风景。

一道古风

非物质文化遗产，这几年频频受到关注，这跟其濒临危机相关。当一种手艺不再有市场，可能就难以加以恢复。但我们看到了为非遗所做的努力，虽无立竿见影的效果，也还是引起了大众的普遍关注。

张柏原为国家文物局副局长，长期关注文物、非遗的发展，并针对不同的文化项目提出具体的发展措施，如大足石刻、敦煌研究、元中都遗址等等都有所涉及。

这枚藏书票是非遗当中的木版年画，更确切地说是朱仙镇的木版年画，财神赵公明骑在虎身之上，英姿勃发，让人想起《封神榜》的故事。在民间传统文化里，赵公明常常作为门神出现，与其配对的是燃灯道人，两人虽为传说人物，但故事颇为悠久，因之成为年画中的代表人物。

有意思的是，张柏所从事的工作既然与非遗相关，作者选用年画作为藏书票的表现形式，传统而不失趣味，且有工艺之美。考察国内的四大木版年画，各有特色，多姿多彩，也还是有细微的差异。尊重与并存，是非遗的传承与发展的要点。

非遗是一道风景，既有古风盎然，也有现代潮流。恰如冯骥才关注古村落的一个因素是，村落里面有大量的非物质文化遗产，比如民间的戏剧、音乐、舞蹈、美术、民间文学、手艺，等等，其反映的是中华文化的多样性。而这才是中华文化最有魅力的地方所在。

# 方外之人

　　最初知道周实先生，是源于《书屋》杂志的创办。此后又读到《齐人物论》，他也是作者之一。以游戏笔墨谈当世作家或文学，俱见真知，这种风气如今已失传。去过长沙，能够拜访到周实先生，却也是一件幸事。

　　偶然我读到他的《老先生》，写了篇短文，这样就收到了他的邮件。有点意外，那是从老先生那里传承下来的风气吧。有时候，我们不能只是感叹世风如何如何，倘若没有践行者，也就只是空了吹而已。

藏书票上为一幅汉画，龙马精神，那是一种象征，也是生活。周实出生于 1954 年，正巧是甲午年。且上面有"周实赠书"几个字，我不太确定，这枚藏书票与钟叔河先生的赠书票之间的关系谁先谁后。我见过那么多藏书票，唯有两枚赠书票出自长沙，难道是巧合吗？

周实曾说，真正的文学不是让人的认同感有多高，而是使人的惊讶度有多大。千万不要成为文学大军中一员。在"文学大军"中齐步走，人家怎么写你也怎么写，毫无意义。

读周实的文章，短短的篇章里，有趣，有识，有料。他的小人物（如其自述：挑过土，拖过板车，打过铁）、隋唐人物小传系列等等，我爱看。读他的文章，我时常遥想那故事中的人与事，这种阅读是难得的经验。

吴昕孺曾在文章里说，今天看到的周实须发皆白，略似《射雕英雄传》中的周伯通。人固然显老了不少，不过慈眉善目，人淡步轻，恍若方外之人。难怪难怪。

书卷气

　　南京的雁斋是不少爱书人向往的地方。其主人是著名读书人徐雁。他不仅致力于个人读书，也还注重阅读推广，如今他的弟子不少已是各地图书馆的中坚力量，且办有读书刊物多种，著述、主编读书类的书多种，为书香社会贡献良多。

　　徐雁先生说："一个家庭不仅要有机房，还应该有书房。书房应该成为家庭成员读书学习、追求文化知识的地方。"

　　藏书票中，一位在读书的女子，是从书册里走出来的。好像是书中颜如玉，但也许是阅读能够带给人以温馨。不管怎样解释，其实都是，寓意阅读带给我们的不只是一种精神享受，也还包括知识趣味的选择。

书评人向敬之说，徐雁纵横解读古旧文献与人文大家，思路是清晰冷静的，他没有去考察哪些版本能卖得多少钱财，而是极力思索其存在与传播的价值及意义。这也是一种阅读方式。当实用和功利占据阅读的市场时，读者该如何自处，也还是值得深思的问题。

不过，在阅读的路上，徐雁先生所思考的不再是书的好坏问题，而是深入到是否能促动灵魂。碎片化阅读的时代，做一个爱书人，显然面临的挑战极大，但只要捧起书册，也许就与更多的智者相遇了。这就像薛保平所言："徐雁的书话量多质高，文情并茂，不乏感人有趣的细节，不知是否与曾受唐弢先生指点有关。他早期书话轻灵醇厚，后来书卷气渐浓，染上沧桑之色。"这种转变是与阅读历程分不开的吧。

# 吴带当风

黄岳年，网名弱水月年。好读书临帖，以儒立命，亦窥内典、道藏，知中医、武术。涉经史，喜游，踪迹布海内外。有读书、教育、旅游、生态诸方面文字刊布。

2010年的读书民刊年会上，他作为河西第一才子，实在是太低调，倘若不是网络上熟悉他，一定将他混同于一般参会人员。在参观的过程中，他随手记录下些许感想、场景，所以写来的游记有味。

崔文川为他所设计的藏书票是飞天的形象，也有着甘肃的寓意。那一种飞翔是在册页间，也是在书册里，林林总总，大千世界，黄岳年却独有一种自然之美。那是根植于传统生活当中的。

太让人向往的生活，是像黄岳年那样：打拼归来，我焚香啜茗，把卷清心，惬意非凡。藕益大师曾视一椅一榻一蒲团一经卷一声佛号为修行人的极致，我则视此时此刻此情此境为人生的极致。

黄岳年说这枚藏书票是，翩翩而飞，吴带当风。既传统又现代，也生动也清逸，在春风三月天，获此尤物，美不胜收。这该是不远处的敦煌宝藏，来到了我的书案。

也是读书人的一大欢乐了。

# 梨花树下

　　有一个段子说，二十世纪三十年代，于右任来到上海，问道："从前苏曼殊，在上海妓院遇到一个诗妓，唱和甚多。还有李叔同，遇到一个诗妓叫李苹香，也有好多名作留下来。不知道现在上海滩，还有没有这么风雅的妓女？"朱斗文答道："现在妓院江河日下，妓女只认钱不认人，最多也就认个字记个账，更别说懂什么诗了！"

　　现今的藏书家大抵跟这个类似。藏而不读，更不要说做学问了。但像杨栋那样买书、读书，还盖起了一座藏书楼，真是风雅的事，也少有人有实力做这个了。这是个蜗居的时代，能有一间书房就不错了。杨栋藏书，也写书，现在出了四五十种，写人记事论书，无不有特色，那真可谓是洋洋大观。

在窗外，在梨花树下，那一种情景真美。坐在书桌上，也大概能感觉到春意盎然，更何况在那树枝间，有小鸟带来更多的信息。

这一种图景，更像是一个梦想家园。像我这样的懒人，在那梨花树下，待上那么一阵子，一杯清茶，就消磨一个下午了。这样想着，所谓诗意不正是这样来的吗？杨栋把这梦想照进了现实，让人羡慕。

我们越来越会矫情，却忘记了天真无邪。在藏书的路上，在读书的路上，肯定会遇见万千的风景，但那都会成为过眼云烟。千树万树梨花开，岂止是一夜春风来，也是有书的消息突然抵达了案头，那是友人的信笺，是书情的延展……

# 绅士好玩

EXLIBRIS

张维祥藏书

　　跟张维祥的缘分真是不浅。绕来绕去，才得以认识。这"认识"还是网络上的。一两年前，他的同事潘宝海兄约稿，从此跟《藏书报》的供稿，也不是很勤快的那种，有一搭无一搭。再后来，宝海兄离开了，就认识了张维祥。

　　也许因为是在《藏书报》的缘故，网上结识他的人会两极分化。一种是觉得是四五十岁的老人，所以才干得了这个工作；而另一部分则觉得他很年轻，还未结婚。办报纸跟结婚不结婚，确实也没多大关系。

作为八〇后的张维祥编报、写稿很勤奋。每次给他稿子，都不厌其烦地落实文字上的细节，以及在片断上的梳理。认真得不得了。这种好脾气现在是很稀缺了。

有段时间，跟朋友聊天，说起八〇后的工作态度，怕苦怕累又嫌待遇太低，比比皆是。可从张维祥身上，让人看到了另一种可能。

夸张一点说，那是一个"理想国"的绅士作风，既有对文字的审视，也有对阅读的理解。

在藏书票里，一对青年摊开一册红色的书，青春逼人，阅读滋养着生活，好像看得见未来的美丽。那不是久已失传的红宝书，也非时下的流行读物。在书的天地里，那是需要沉浸下去，才能发现书之美。平时，在网上，张维祥很少发言，但他对书的理解，却绝非一般。像陈子善、龚明德、韦力等藏书大家的文章是经他手编发的。在这一点上，他比时下的"书话家"好玩。

# 王道

　　知道理洵，皆因网络。当时他写《＜世说新语＞品读》和《书事》系列，风靡一时，粉丝众多。当然，这些篇章后来陆续收入《与书为徒》《猎书记》里，十分受欢迎。这与他闲闲叙事的风格有关，也与他的博览群书相关。

　　后来跟理洵在西安相见，很愉快，当然这不只是书掌故。工作之余，闲暇时间，他都用来淘书、读书，真是名副其实的读书种子。安静地阅读，并与生活融合在一起，构成奇异的阅读世界，这远比单纯地拿读书说事要好得多。

　　其讲故事并不只是讲道理就完事，更多的是与现实世界结合，比如：南宋刘辰翁读这则故事手批云："自家潦倒，忧及儿辈，真钟情语也。此少有喻者。"真可怜为人父母者的一片苦心，希望明白人再能多一些。又如他引陈先行的话，"坦陈平生心迹，唯求摒绝尘事，登延阁、游石渠，宏览芸编湘帙，明窗棐几，撷英咀华，兰香独坐，怡然自足而已。"倒是说出了许多读书人的心里话，这样一种境界，实在是太多读书人梦寐以求的。

　　读书看似简单，只要读下去即可，但若少了思考，也就少了些意思。只见他仰头阅书，案几上也还放着几卷书，倒真是得阅读休闲之闲情。阅读的姿势固然需适宜，阅读也不妨作此想。

　　当我们丢掉冠冕堂皇的理由，让书册回归生活，才是王道。当我们埋首各种诱惑之时，抬头仰望，若是有点思考，恐怕才够好。

# 孤帆远影碧空尽

　　岛屿、船只。这是我对厦门最初的印象。有几年，我爱收集不同城市的有趣读物、地图等等，总觉得那是别样的生活收集。后来就看淡了，咱不是做博物馆，看过就算，哪里有那么多闲情做这些个事情。

　　后来，参加读书年会，见到了曾纪鑫，我总觉得他像单位的大领导，距离有点遥远。但这只是我的感觉吧。后来接触多了，才发现是自己的"误读"。他写小说也写历史散文，给我看，比余秋雨写的要好很多，可惜他的名气没有那么大。

孤帆远影碧空尽。对没见过海滩的人来说，那是一种美好生活（多半是想象），岛屿书写，也是作家的孤独感。曾纪鑫的写作也大抵如此，他还主编《厦门文艺》，那是本群众文化艺术杂志，内容丰富。我看过一些，总觉得他的写作思维或许与此相关。

不管怎样，在海上生活，有时难免会突发奇想，那是个想象更为丰富的内心世界，他将这些意见化为文字，成为一种镜像。他有文说，放松自己，是人生的一种技巧与艺术，能使人进入一种最佳状态，达到享受人生的最高层次。唯有放松自己，运动自如，才有可能达到良好的竞技状态。这跟练气功是一回事儿，首先得放松自己，然后进入游刃有余、优哉游哉的"逍遥"境界。

像我整天瞎忙，也被人称为"逍遥"境界，与曾纪鑫相比，真是小巫见大巫了。

# 少数派

　　自牧办《日记报》，后办《日记杂志》，出了五十多种。这种办杂志的种子在这个时代似乎少见了。无他，一个不赚钱的行当，大概是少有人愿意去做了。再者，时下的功利主义让读书也变得市侩起来。

　　山东人的豪爽和坚持，在自牧身上一览无余。他办报办杂志，需筹措经费，联系印厂，凡此等等，没有一件省力气的活。他坚持了下来，这一种精神，格外动人。

　　我认识他的时间晚，读他办的杂志也不是特别多。

这样说，真好像是不大了解他。但我知道的是，在这个时代，能认真为读书做点事，就是难得的行为了。更何况脚踏实地地真做呢。

文川所设计的藏书票，是他单手托腮。是在构思新一期杂志，是在读到一册好书的遐想，不管怎样，从那情景中分明有一点忧郁，又有那么一点安详。在工作之余，自牧办杂志之外，还写得一手好字。且随身携带着一枚印章，写字完了，盖上印章，把书法的喜悦与更多的人分享，这也是一景。

读书人的细心在这里可见一斑。记得有一回吃火锅喝酒，聊得愉快，酒就喝得很快，最后似乎都要醉倒了。这情景，也格外让人惦念。连吃饭都成了应酬，生活还有什么味儿。虽然现在的生活家很多，窃以为懂得生活的少了。

这是一个少数派的时代。文川在艺术的追求上，总希望留下更多生动的记录，这点点滴滴的印记让浮躁的时代多了些趣味。

## 从光开始

汕头一景，非林伟光莫属。

早年混迹于天涯论坛，得读伟光的随笔、书评、书话，叫好不叫好的人，都有。他少回应，安心地写自己的文字。好也罢，歹也罢。写出来即让世人评说。

都说这是一个浮躁的时代，但也有像他这样，在汕头的街巷里，安静地有一方书桌，即可。这不是悲情，却有着暖意。

酒醒酒醉，人来人去，喧闹欢场，俱往矣，数风流人物，还剩几何？

生命的价值，或怒放，或点亮，无非是散发出些许光。恬静地生活，也是一种人生方式。在伟光的世界里，不只是有文艺，也还是有着与时代的疏离感与热忱。他的几册文集出来，总不忘与同好分享。在我，是书情书缘，也是阅读同道的见证吧。

喜欢，是价值观的认同。光亮的世界，在艺术里外，所呈现出来的状态是不太一样的。诗人所说的"横看成岭侧成峰"即是此意。

《创世纪》说：第一天，上帝说要有光，就有了光；第二天，上帝说要有天空，就有了天空；第三天，上帝说要有陆地和海洋，就有了陆地和海洋；第四天，上帝说要有太阳和月亮，就有了太阳和月亮；第五天，上帝说要有鱼和飞鸟，就有了鱼和飞鸟；第六天，上帝说要有动物和人，就有了动物和人。

真是妙言。

有光，有识别，有性情，有趣味。自在、摇曳多姿，是人生理想。这一切，从光开始。

## 思维的妙趣

EXLIBRIS

慕相中的書

　　烟花三月下扬州。扬州与成都的关系算不上亲密，但唐之"扬一益二"，却是流传至今的说法，至于其中的比较学，也是耐人寻味的话题。扬州的学者作家熟悉的有多位，比如韦明铧，比如慕相中等等，都是一时才俊。

　　学者范泓前不久在微博上写道：扬州晚报慕相中先生专注扬州文化，搜集不少珍贵史料或书籍，其中以广陵才子李涵秋（1873—1923）的著作居多，且有各种版本。今年是这位鸳鸯蝴蝶派小说家诞辰一百四十周年、逝世九十周年，大慕倾其所有藏本假个园举办李涵秋生平著作展，展期共十天，今天撤馆，有幸成为最后一位览者。

藏书票中的图案为扬州大明寺的栖灵塔，"隋文帝仁寿元年（601）于大明寺内建栖灵塔，塔高九层，雄踞蜀岗，塔内供奉佛骨，谓之佛祖即在此处。本焚僧大觉遗灵之言，故称'栖灵塔'。"唐代著名诗人李白、高适、刘长卿、刘禹锡、白居易等均曾登临栖灵塔赋诗赞颂。可惜在唐武宗会昌三年（843）一代胜迹化为焦土。古往今来观光者无不感喟怅惘。

此塔作为扬州城市精神，似也恰当。这也正可比拟慕相中对扬州文化的研究精神。时常听朋友言说江南文化以扬州、苏州为胜，曾去过苏州，却未涉足扬州，这亦是旅行之遗憾吧。但既然接触到像慕相中文化学者，从其作品中研读，也是一种旅行，固然比不上亲临其境，到底可远观可深思，正是文化思维带来的妙趣了。

# 书海扬帆

吴鸿喜讀之書

　　时下的不少所谓的出版人，更像是出版商。至于说到四川出版，可能总不忘提起八九十年代的辉煌。此后，一蹶不振。也有人在坚守，并创造出一片新天地。吴鸿在出版界耕耘三十年，所做的事，比如挖掘本土文化，推崇青年作家，都不遗余力，这类的事颇多。

　　像他这样的出版人，在成都是少见的。全国看，也是少有的吧。与出版商相比，他多了一重人文情怀。在他的眼里，一册书应该完美地呈现。因此，封面、装帧、纸张、印刷工艺，无不精益求精。沙河老师多年未在四川出版过作品了。他看到吴鸿做的新书，当即就决定作品以后在四川出版，这只是一个个案。

追求，犹如书海扬帆，驶向未知的阅读领域。在藏书票里，船只扬帆出海，海鸥翩翩起舞，阳光成了背影……这唯美的，更像是一种隐喻。

记得，沙河老师曾说"鸿"字："应拆为水工鸟。水边的鸟，是意符，工是声符，像天鹅发音'工、工、工'。"他学着天鹅的发音讲，"大雁叫鸿，其鸣自呼，自己喊出来的。"

这样的解释，也是别有意思的事吧。这与出版何尝不是有许多相似之地？

情怀是什么？是理想，也是追求不懈的注解。人在人海中，是孤独。山静水幽，蝉鸣鸟啼，独自享受，一如呓语独白。一个"懂"字，如今越来越难求。他人懂不懂又有什么关系。按照自己的理想走下去，收获的是对得起情怀二字。

海，船只在其上漂流，去向是哪里，无须太多的奢求。

奇绝的美事

EXLIBRIS

千裡送好書

　　在明代中国，出行需要路引。阅读好书同样需要人引领，但在今天的读书人当中，能担当此任，又有人文情怀的，却是不多见。无他，当出版物只盯着畅销书时，像那些人文经典的作品，就少有人愿意做了。

　　秦千里是出版人，他所推出的好书不老书系，精选人文社科等类别的图书出版，又在微博上以"千里送好书"之名，平时与出版机构联合，经常举行好书赠送活动，我的印象中，似从没有见过这张藏书票。

　　且看，行者衣冠虽朴素，可也是风尘仆仆，行走的路上，右手托起一卷书，书之内容如何，虽不大清楚，却也不至于是一册坏书。在书票中，专门标注上第×××号，将每一册好书记录在案，也是有数据可查的吧。

送书的事，看似简单，却颇不易。毕竟对好书评判的标准不一，加之阅读经验的差异，自然就更需对阅读多一重了解才够好。若是随意送书，不管对方是不是热爱阅读，那可就真是有糟蹋好书的嫌疑了。

送书故事，有完美结局，当然好。若是遇人不淑，书自有其命运，到底是与送书人无关了。这其中既需宽容也需豁达，才能得到阅读的真味。

绍兴的三"味"书屋，有一种解释是，读经味如稻粱，读史味如肴馔，读诸子百家味如醯醢。如此三"味"用在送书上，送的不只是大餐，也还有丰富的内涵，而这也真可以称作是奇绝的美事吧。

# 玩·意

河北画家张进良之书

网上有人评价画家张进良：他是个农民。他是个文人。他是个画家。这些都不重要，重要的是：他是个真人。除了绘画、写书之外，张进良还主编《圈里人》报，那是一份四开四版的书画报纸，画家韩羽题签，别有情趣。

张进良曾经为激励自己学一门，专一门，钻一门，精一门，取书斋为"半瓶庐"，此斋名如钟鸣在耳，不敢一时懈怠。这种精神今天不多见吧。

坐在一把藤椅里，衣着鲜艳的中式上衣，两手交叉于胸前，倒是有些正襟危坐的感觉。好像是一时穿了新衣，不大自在。背后一架书墙，陈列着喜爱的书籍，这与装点门面的书墙相差很远，书放得有些杂乱、随意，是想起了某个问题藏在某册书里，找出来，核对，就又顺手插入书架。读书生活，原本就是这般，无须雕饰，只要是喜爱的书，怎么读都喜欢了。

书画圈，这几年好像多了不少暴发户，出门豪车，居住豪宅，吃喝玩乐都像土豪，哪怕有一间巨大的画室，找不见几册书，倒是各种荣誉不少见。这样的画家，常常俗气地谈钱，却甚少谈及艺术。像张进良这般"土气"，却获得了精神的自由，也是一种风景。

# 盛花世界

　　爱书人杨川庆前不久出版了《友人的赠书》。他在序言里说：甲午年，添了新居，我自哈尔滨闹市搬至清静的松花江之滨，在书房里摩挲旧藏，蓦然起意，何不就朋友的赠书写点文字？思罢动手，晨耕暮耘，得三十五篇，未必符合唐弢先生关于"书话的散文因素需要包括一点事实，一点掌故，一点观点，一点抒情的信息"的识见，算是敝帚自珍吧。

　　书友往还，相互赠书，是很风雅的事。但有时也会遇见索书者，似乎作者欠了他一份人情似的，岂知相遇网络，不过点过赞而已，岂论得上"交情"？所以，沉默以对也是常态。但杨川庆将友情记录下来：铁凝、黎正光、彭国梁……让我们读到这个时代的读书人的风貌，却也还是美好的事。

典雅的花瓶里，插着三十五朵花，那是一件装置艺术品，色彩斑斓，惹人喜爱。每一朵花对应着一册书，由此代表的是三十五个阅读世界。像这样的故事，每个爱书人恐怕都经历不少，虽看上去相似，却颇值得玩味：在我看来，书者，友也；友者，书也，开卷有益，相交亦有益。（杨川庆语）

读书，亦是读人。从盛开的花中，读出真意，读出幸福。人生的故事也就多了些感叹。诗人龚学敏说，现在人们对美味过分地追求，实际上是一种堕落。在阅读上的追求，当然不是堕落的表现，那么，对舒适生活的追求，算不算？

# 奇异的种子

眉睫的書 EX LIBRIS

　　认识眉睫那阵子，他刚从学校出来，去一家刊物做编辑，似乎不大如意，就进入武汉一出版公司，再后来到海豚出版社工作。不过，在武汉时期，已先后在台湾出版《朗山笔记》《关于废名》书稿了。此后，他即研究民国人物如许君远、喻血轮、梅光迪、沈启无、朱英诞等人，并写出系列的文章。

　　汤一介、乐黛云说："值此学风浮躁、空论充斥之时代，深感梅杰及其著作确是'一颗奇异的种子'，必将长成茁壮的大树。"钟叔河说："我十分看重梅杰的工作，认为其指标性的价值，实在不亚于其学术文章达到的水平和创造的价值，也许还更大一些，更值得学术界和出版界的关心也。"

对儿童文学的关注，是始终在做的一件事情。这正如藏书票上的青春少女，青葱岁月，总让人想起青苹果乐园，无忧无虑的时光，似乎一下子就远了，从此无处寻觅。这也像那部《致我们终将逝去的青春》，不管我们是否愿意成长，成长的步伐却始终是在迈进。

从儿童到少年，一步步地走来，随着视野的拓展，所见证到事与物也就有了变化。这种转变，是与时代同步的，同时也是人生必需的经历。

出版过《童书识小录》之后，眉睫更多的是专注于出版，倒是写作少了，儿童文学也许还有关注，只是不再像以前那样的专注。但保持一颗童心，为文学留一份真诚在，才是出版人应有的思想。

# 与书相遇

　　成都近年来能称得上藏书家的人，数量是少之又少。徐晓亮是一个，他每年花在购书上的银子不少，且阅读量惊人。第一次见他，他递过名片，以为他是商人，跟晓亮聊书，才发现是文坛外的高人，工作之余，潜心研究中国官制史，颇有心得。同时与不少作家如伍立杨、王开林、徐则臣等都为至交。

　　某次，我们聊天说起一位写民国故事的作家。晓亮说，我要写比他写得好。我相信，博览群书之后，写民国历史、掌故，他几乎可信手拈来。但他总谦虚地说，写不好文章。我们看武侠小说，高手常常是这般的姿态。

出版人吴鸿说，晓亮是爱书人，他广请名家为他的书房题词，都叫"积书崇贤"。他大量地买书、读书、送书，是对著书人的尊重。这一点尊重，许多文化人也做不到，也就更显得珍贵。

在书桌上陈列着一些书册，规整而不凌乱，喵星人躺在书上，是因书香，也是因慵懒的时光。浮华时代，有一张书桌，能够安静阅读，也不啻为一种享受。

当我们感叹时光易逝，难得有时间读一册书时，晓亮却已走在阅读的路上。对书对著书人的态度，也决定了一个藏书家的高度。洞悉阅读的秘密，晓亮对书的感情也与众不同，他专门建造了书房，那里不仅有签名本，也有不少珍稀版本。在书的世界里，他看到了美好世界。

与书相遇，晓亮还专门取了个名字：徐启正，有启智正德的意思在其中，这一点，也正是阅读的要义所在。

## 淘书归来

最喜淘书去。爱书人的淘书情状，可谓妙趣横生，既惊险又惊艳，那过程说是探险，怕也适宜。我读过萧金鉴先生的淘书文章，逛书店，买了一口袋书，才发现身上的余钱不够乘公车返家，于是肩扛着书穿城而过。这种痴情，与女生逛服装店同样带劲。

舟山的交良爱书成癖，且喜书画，积少成多，倒也是洋洋大观，有《六桂堂读书记》为证。交良对书的热爱，是真爱，在书中即不乏见解，如他说《上水船甲编》，"书名取得颇怪"；读《小团圆》，读得满目苍凉；读《荣宝斋康有为书法三种》，一个字一个字地欣赏，古朴的味道。

这读书的情味，得书之妙趣。与交良时常在网络上交流，收获颇多。给我的印象，读书种子，都有一颗敏锐的心灵，读书不仅仅是读纸质书，也是在阅读大千世界里的种种，由此化为笔下乾坤，也就气象万千。

在藏书票中，只见交良右肩扛着一叠书，左手提着一叠书，看分量，也应当不轻。从容地穿街走巷，面带笑容，想必是又遇见了心仪又久觅不到的书册，且价格低得远超过预期，真是快乐何如？

这情景，仿如昨日。在我的淘书记忆里，每每遇见这样的爱书人，都多一份敬意，谁说当下的读书人少了？看看这淘书归来的镜像，似《打靶归来》里所唱的那般：日落西山红霞飞，战士打靶把营归、把营归，胸前红花映彩霞，愉快的歌声满天飞……

台湾作家叶怡兰曾说："都自有其规矩姿态，低限极简端整肃穆美学无处不在。"

譬如这淘书归来。

# 以读书为乐

　　每一届全国民间读书年会都参加的人，十三年来，也只有三个人了。李传新即其中之一，我们称他"传新老师"。他的作品先后结集为《拥书闲读》《初版本》在大陆和台湾出版。

　　传新老师的简历表上显示，他幼时随家人迁居竹山县生活、读书，先后在四川雅安，湖北竹山、十堰工作，1984年调入新华书店工作，是一位爱书人、读书人，喜好阅读、交友、淘书、为文，曾执掌十堰著名读书报《书友》编辑工作，我在报上可没少发文章。

再后来就编《崇文》杂志了。

黄成勇在为传新老师所作的序言《爱书是一种美德》中说：这"充分表现出一个身在书业的爱书人本色。"最近几年，他退休以后闲居，以读书为乐。且在每届读书年会上，他都是热心参与者，忙前忙后，因此给人留下深刻的印象。

有一年，我在武当山下居住，离十堰不远，刚好赶上晚饭时间，电话约定见面地点，我却提前下车，遇一年轻人，递上饮料，随后发现问题不大对头，再联系传新老师，才发现是一场误会。那天聊天到很晚，也很愉快。

藏书票上，一束盛开的花，那是常青之花，带给人的是美的享受，似乎站在远处，就可嗅见芳香。在那芬芳的世界里，是书香。整个藏书票简洁而不失温厚，正如传新老师的好脾气，温馨。

# 山高声自远

大概读书圈里没有不知道《芳草地》杂志，当然最不可忘却的是其主编谭宗远先生。个子高大，说话直接，形成他独特的风格。早几年，也出版过《风景旧曾谙》《寂寞的缆绳》《灯心草》《灯下零墨》，编有《古董因缘》《严文井文集》《念楼说书》《耕堂读书记（增订本）》等，如今是书市难觅。我也就无缘拜读过。《芳草地》倒是每期都按时收到，看着刊物，就不免想起宗远先生的形象来。

宗远先生尚有紫苇、闲斋等笔名。他收藏着上百位老艺术家、学者、作家写给《芳草地》的信件，他一直想编一册来往书信集。我也寻找过几家出版社，可都没意愿做这事，看来是时机尚不成熟吧。

每次读书年会上见，少不得跟宗远先生聊天。他给我提供了不少好的创意。年轻作家要想取得一些成绩，除了个人努力之外，当然离不开前辈的支持和鼓励。没有这一层，前行的路上大概也会曲折一些。

藏书票上，一座城堡，无疑是建在高山之巅的，下面依稀可以望见流云掠过，再远处是花草树木。这个城堡让我想起罗马帝国的城堡，从那里传递出来的声音，是帝国的声音，权威、厚重。这也是藏书票所蕴含的"山高声自远"的意思。

关于读书，宗远先生曾在文章里说，就在这无声的阅读中，岁月从身边溜走了，容颜变老，二毛丛生，但我至今不悔，反觉得借读书消磨时光，值！我开玩笑说，如果在我面前放上一摞书和一个女人，让我选择的话，我会毫不犹豫地扑向书，而不是女人。这虽是假设，我却相信是真的。

# 繁花似锦

认识夏春锦时，他还只是在网上写写读书日记，那时我刚好主编读书风景文丛，就出版了他的《悦读散记》。后来办读书刊物《梧桐影》，相继推出木心、沈苇窗等人的专辑，才更广为人知。

这样说我好像是老前辈，实则是大不了多少岁。春锦是八〇后，在桐乡的一所中学里教书，爱读书，因缘际会，就成了读书圈内的一员。大家对他办刊物的方式很支持，《梧桐影》也就越做越漂亮。

春锦做刊物跟我的想法很接近，说读书不能只是当成私人的事，出版、活动、网络都可介入，关键是不是能够把阅读当成一种生活方式：除了阅读，也有很多好玩的事，比如旅行比如远足等等，都可成阅读的方式，将阅读植入到生活当中去——无处不在的风景也就自然形成了。

藏书票上，红花、黄花映衬，绿色在其中点缀，那是春的气息，又是繁花似锦。这样的景象喜人，正是春锦的象征，也是《梧桐影》所呈现出来的姿态。

当生活回归本真，也许就能洞察到世界的奥秘：实则是身处在一个世界里，阅读只为自己的心灵而存在，并非是外在的表象。春天的花会开，也终究会落。它只为自己活着。大千世界，繁华也好，浮躁也罢，只要心安便可找见故乡吧。

这个时代，我们不管如何定义，都需以宽容的心态去看待，也许会收获的更多一些。

# 从书中来

　　听过百谷的故事，建筑商、爱读书……如拼图游戏一般，将这些词语拼接在一起，有点怪异。不过，在西安，我见到了百谷先生。刚坐下喝茶，他就拿出购书单，笑说：几天不去书店，就不大舒服。

　　在西安，我听说这样的话语，不止一次。我也爱旅行，结识不同的朋友，如此爱阅读的人也还不在少数，但如此说书的，却还不是太多。百谷是三原人，那是于右任的故乡。三原和泾阳也被认为是秦商之魂，刚好我读到《秦商入川记》，说关学说儒商，百谷是最佳的现成案例。

吃茶聊天，他说现在房地产不易做。更多的时间在读书。刚好，藏书票上的男子，手持巨斧，向一棵树砍去，构图简单，却孕育着文化之道。倘若只是看着树木，不去作为，就无法使树木为人所用。阅读何尝不是，大多数人知道其中的妙处，但却疏于阅读，也就难以进入精神的高阶。

第一次见百谷，印象深刻。因要赶火车，也是匆忙一见。他送到火车站，依依而别。说起阅读，固然无须大道理，但只要读下去，总是有几许收获吧。现代商业社会，如何才能坚守一个人的底线，这个问题看似简单，却实则是与阅读有着莫大的关系。当没有文化支撑的商业，也就难免给人以泥沙俱下之感。

百谷所砍倒的树木，是一册册书，从书中来，回到商业中去，简单的过程，却有着复杂的运算，但不管怎样，这个过程辛苦也好，愉悦也罢，总归是在阅读路上走一回吧，至少不会有太多的后悔。

# 做个真正的读书人

　　济南人文风景独美，当然不只是大明湖畔的故事，还因有一群可爱的读书人。比如自牧比如徐明祥。我跟张期鹏认识，最初是因网络，他写读书文章蛮多，也考证史实，颇有趣味。记得最初看到的是《啊，莱芜……》，后来又读到《莱芜现代三贤书影录》，收录莱芜人吴伯箫、吕剑和王毓铨的书影录，倘若不是对地方文化的热爱，大概不会做这种费力的事。

　　后来，我又读到期鹏的《做个真正的读书人》，读后亦感叹：有真正读书人，那也有伪读书人吧。以期鹏的眼光，在学术问题上就是求真，而不是虚伪敷衍。在这一点上，保持读书人的性情，也不妨称之为美德了。

阳光下，鸥鸟飞掠过时空，行云流水般的世界里，只见叠着一些书册……简洁的构图中，大有深意。对读书人来说，流逝的不只是光阴，也还有知识的积累和沉淀，其实读书有用无用，都没有关系，只要翻开书，有所感受即可。

明张岱言："人无癖不可与交，以其无深情也；人无痴不可与交，以其无真气也。"癖与痴让读书人过的日子更性情。读书、购书、藏书、写书，无非是在一个天地里寻求灵魂的出口。浮华世界，有这一种享受的人，是有福的。

## 寻找自己

王成玉藏本

　　爱书人王成玉性情耿直，有话直说。虽然许多话说得有道理，但在当事者听了，估计有些刺耳，因之不大受一些"爱书人"的欢迎。但倘若爱书人都是虚与委蛇，互相应酬，你好我好大家好，又何谈文化上的相知、进步？

　　成玉先生著有《书话史随札》《书事六记》等书，其中不乏真知灼见，这几年，他撰写《书话点将录》，对近百年的书话史进行梳理、整理，真是一件难得的事。不料还是引起了奋争：有的人过誉了，有的评价则过低……就书话史提供些许见解，也是有意义的事，何况这远比闲聊侃大山更有建设性呢。

后来我才知道，成玉先生虽是下岗工人，阅读不绝，不断著文论书，更是让人敬佩，所谓中国精神，不正是蕴含这其中吗？在藏书票上，引用刘禹锡的"斯是陋室，惟吾德馨"，书几册，室虽陋又有什么关系？以此为成玉先生的阅读状态，看似"书苦"，实则是苦中有大乐趣，我以为是恰当的。

他曾说过："从来没有人在读书，而是在书中读自己。去发现自己，寻找自己。"此说放置于今天，也同样适用吧。爱书人的性情，当然无须绕舌，只要有风骨即可，喜欢的书不妨喜欢，不爱的自然也无须什么理由。常常想起古人所说的自由天地里，不妨玩，不妨乐，不妨狂狷，不妨自在。

爱书，原本是无须更多的理由。

# 诗意地栖居书林

燕語齋永慶藏書

　　山东文脉流传，不是王兆山式的诗歌，而是民间阅读。孙永庆担任教职，却不忘阅读写作，我跟他早就相识于网络。他写的文章虽不多，却是最为用心，哪怕是一篇短文，都可见他阅读范围广泛，兴趣多样，常常是寥寥数笔，即见读书风景。

　　我业余编书，永庆也曾赐书稿支持。可出版环境一日不如一日，读书文章，印数太少，不少出版社不愿做，我也是无可奈何。看似繁荣出版大国，也是不尽如人意之处的地方多多。尽管时常得好友之理解，却还是觉得有几许惭愧。

关于藏书票，永庆曾撰文叙说：制作一枚风格独特的书票，其创意尤为重要，要考虑书票主人的兴趣爱好和藏书的品位，体现出书票主人的个性和涵养。文川问我喜欢什么风格的书票，我把发在《藏书报》上的《燕啄春泥成书册》发给他参考，于是便有了丰子恺漫画风格的燕语斋永庆藏书票。在乡下教书时，书房外垂柳飘飘，双燕呢喃，便附庸风雅把书屋称之为"燕语斋"，票面上用丰式漫画构图，窗前品茶读书，窗外垂柳燕语，那种境界正是我所向往的，知我者，文川也。

岁月静好，对爱书人来说，有一张安静的书桌，足矣。这让我想起韩石山为永庆的书斋题写的条幅：诗意地栖居书林。这一重美好，是爱书人最向往的境界了。

# 大象分类法

　　人称"大象"的向雪刚，是重量级的人物，这里面有两层意思，一是体形庞大，差不多一百八十斤吧。二是读书速度奇快，一天一本书是常态。其实，这不是他压根儿就十分喜爱阅读，这是因为工作上的需求，在书店工作多年，他的任务就是读书，看看哪本书更好卖。

　　选书诚然是麻烦事儿。因为每个读者的口味都不同，比如小白喜欢小清新，而小黑却中意重口味。大象的工作就是调适众人的口味。

在今日阅读书店，他把不同的书分类，跟其他书店比，有很大的差异，那是大象的趣味。因之，被朋友们戏称为"大象分类法"。据说，有好几家书店，都在按照这个思路走，反响还不坏。

这么说，大象好像是工作狂了。其实，他也是美食家，茶客。成都的周边小馆子，他吃过的不少，点菜更是拿手好戏。喝茶，坐在茶楼里，露天茶铺里，他都能自在地喝茶，他像大象一样，有一种亲和力。

大象因为早些年喝酒太凶，以至于痛风。但这痛风的来源是不是跟喝酒有很大的关系，不得而知。他对酒的喜好，是不言而喻的，半斤八两，不在话下。他喝酒的速度不像看书那样快，却有自己的章法。

不管怎样，他都是朋友眼中的大象。可爱当中，有着性情。崔文川把向雪刚的形象刻进了藏书票里，一看到那活泼的形象，就忍不住想笑起来。

# 简单的人

　　印度古代佛教哲学家、逻辑学家龙树祖师时常有耳闻，但懂得的却不多。他的核心思想即在《中论》第一品第一颂的"八不偈"中："不生亦不灭，不常亦不断，不一亦不异，不来亦不出。"

　　王志，网名闲书友。闲是因为工作忙的对照。在检察院里工作的他，对法律条文的细节，无不熟悉。看书，就像闲庭信步。他跟许多读书人都有来往。不少朋友出了新书，都不忘送他一册签名本，当然，毛边本最好。

王志爱读书，却极少记录下读书的感想。他的《读书流水账》，记录下所看的书目，单单是这个，就让人高山仰止了。读书也藏书，创刊号，读书民刊，他收集的不少。有时，想找这方面的资料，找王志，准没错。掌故，他也知道的不少，可惜写下来的太少。

这让人想起龙树祖师的修为。其实，一个人的成就并非是写了多少书认识了多少名人之类的琐事，而是在书在交往中有多少美好的故事可以回忆。

所谓读书人的幸福，就是那样的朴素。

藏书票上的龙树祖师在沉思，好像万千世界就装在那脑子里，浮云太多，终会流失，而留下来的呢。智慧，在这个时代，越来越少有人提到了，更多讲究的是"潜规则"。

但王志却以严谨的态度，读书，交友。在浮躁的时代做一个简单的人，真好。这一层好，就像龙树祖师的睿智。

## 读书生活化

内蒙古的草原给人留下许多遐想空间，去过的朋友更是称赞有加。张阿泉在内蒙古，也时常被想象成大汉，一如成吉思汗的麾下，弯弓射大雕。现实生活中，他长枪短炮，是电视传媒人，写作功力亦深厚，却见一位大汉的柔情。

且看阿泉的作品名：《掌上珠玑》《躲在书籍的凉荫里》《慢慢读，欣赏啊》《把心放进一个嘎查》……是不是如同一泓清泉，在草原上蔓延？

他说："不要认为读书是一件很隆重的事情，要让读书日常化、生活化。"中国民间读书活动的核心倡导者，全国民间读书年会上时常可见他的身影：妙论阅读、醉心淘书。

雪山之下，有一凉亭。看山，无须远眺，在亭下，饮茶、听风，风来，云去，端的是一种诗意。这些景物汇集在藏书票上，细腻中，多了份温情。在现实中，固然难得这般惬意，但不妨以好的心态去看待周遭的事物，也许就能发现事物的另一面。

阿泉在成都有一工作室，我参观过一回，书天书地，把偌大的房间挤得满满当当，惹人喜爱的书册，随手摆放，无意中显现出了一个人的阅读趣味。

偶读《秋水轩尺牍》，其中有句：小春十日，为足下悬弧令旦。回忆去年，歌徵《金缕》，酒泛红螺，诸同人济济盈盈，如集蓬壶仙侣。今以关山远隔，未克趋陪，唯有遥颂九如，临风拜手耳。

古之风雅，几成绝响。书香环绕，缕有不绝矣。

# 与花同在

一枝得書

一枝说，因为喜欢树，但觉得自己还不够做一棵树，就做其中的一枝。

一枝在诸暨之前办《越读》刊物，后来再办《越览》，装帧一流，版式疏朗，有大刊物之风，像这样的读书刊物，也少见。

审美趣味决定了一本刊物的高度。见到她，是在上海在株洲在天津，江南气韵，亦有豪爽在，不似江南女子那般柔弱。

藏书票中的栀子花开，让人想起那阙歌，栀子花的白与香，似一下子就走近了。白底主绿的色调，透着的是一种清韵。

春天里，在成都的街头，栀子花是寻常物，极目所见，都有春之气息。在江南，又是另一种格调：缤纷的春天里，小桥流水，抑或山野凉亭，有香自远方来，暗藏心头的是欣喜。

朋友曾用萧散来形容人生，以花来喻，却也恰当。栀子花开，独自绽放，有人无人欣赏，又有什么关系？

再进一步想，所谓人生的哲学，不正是活出自我的姿势，生活，是为了"我"过得快乐一些，而无须他人的称赞和喝彩——太在意外在的评价，可能就容易丢失了自我吧。

《论语》有言："暮春者，春服既成，冠者五六人，童子六七人，浴乎沂，风乎舞雩，咏而归。"

日本"俳圣"松尾芭蕉有《赏花》句：桃花丛中见早樱，内山花多娇，外人哪知晓。

知晓不知晓，也并没太大的关系。"树下肉丝，菜汤上，飘落樱花瓣。"这看似随意的欣赏，透着的是与花同在的境界。

## 恋书如故

　　知道季米，是在2013年的读书年会上。早几年，我混天涯读书版块，不少爱书人就聊到了季米，形容的很夸张（后来据我观察，很是形象）。真是抱歉，聊这个话题，我跟季米还不熟悉。后来，我才知季米曾担任闲闲书话的版主，活跃度很高。

　　季米这个名字，他说，"其实，取季米这个名字，是因为以前在香港工作时，为了方便同事之间的称呼，取了个英文名叫Jimmy，英译过来就是季米，没什么特殊意义。"他淘书、藏书，都堪为大观。走南闯北，只为淘一册好书而已。他藏书丰富，去参观过他书房的朋友，说是洋洋大观。不少书，他都是成套的珍藏（其价值比散册更大）。

多数时候跟季米在网上聚，听他侃书。现实中，也是酒友，虽次数不是很多，一样能感受到他的热情。他亦感叹，"我辈喜欢纸书，喜欢去实体书店淘旧书的人，越来越小众边缘化，好在所图就是自得其乐。"

藏书票中，是一株洛阳木本牡丹。牡丹不只是富贵的象征，也有珍册秘籍的意思在。季米对书的态度也可洞察："凡是畅销的，市面上很容易买到的读物，是不买也不藏的。"

这是对书骨灰级的爱。侯军到了衢州，季米曾收藏有他的《淘书·品书》。那夜，侯军认真地为季米在一张彩笺上题写"书剑许明时"，便一道到衢城淘书。这样的书缘所述说的不只是书的故事吧。

书中故事，也不是富贵就能说得清楚的。又或者说那是从书中所得的乐趣比吃喝玩乐更多一些：岁换星移，恋书依然如故，痴情不改。读书遣生，乐也淘淘。

# 我口写我心

　　不少文朋诗友相识于网络，至于真名叫什么，还真是记不住。网名就像是绰号，标明的是另一种身份。若不是有朋友告知靳逊的本名是靳凤岗，我还以为本名就是靳逊呢。

　　靳逊，资深"犁友"，长于文学评论和书话写作。我跟他相识于数年前，当时有一位文友计划出版新书，找到了我。我也看好书稿，于是就帮着转给几位做出版的朋友看看，因种种缘故，书没有出来。有一段时间，我觉得不好跟靳逊交代，就疏于联络。

但还是关注靳逊的博客，他写的书边小札系列，每一则内容短小，却言之有物，且直指文化圈里的弊病，看多了表扬文章，再看靳逊的博客，真就有些"另类"，有些话虽然不大好听，却让人欣赏。

在藏书票中，几簇蘑菇，长势喜人，那是深得文化之养料，才能长成这般态势。说起读书，常常有人炫耀，读了多少的书。似乎这才显得博学。靳逊不属于喜欢显摆的人，所以他的书房参加河北"寻找最美书房"评选，喜获前茅。可见喜欢者众。

靳逊说，在阅读上，对书的痴迷，我与那些爱喝酒的人、爱听戏的人、爱下棋的人一样，兴趣而已。读书之余，有了藏书，又有了书房，并非刻意为之，而是长期累积的结果，它更像一个人的阅读履历。

生长，也是一种履历。靳逊以实际行动实践孙犁式的读书写作，同样是可贵的精神。

阅读的境界

　　如果不是认识姜晓铭兄，可能就不会知道并游逛兴化。到了兴化我才知道那是诗意并有着处处古迹的城市，那几天，晓铭兄带着我游走，并陪伴着到了泰州，让我一下子感受到兴化人的古道热肠。

　　那时的晓铭兄的业余时间就在读书、集报，我跟他相识于天涯社区，他开有博客，谈阅读，后来这些文章精选了一册《积树居话书》。再后来，他独力创办积树居文化工作室，终于找到了一方活动的平台。我也提供了些许设想。好在很快就推出了图书数种，由他撰稿、拍摄的兴化电视艺术片也相继播出，影响非小。

做文化策划、编辑看似简单，若是没有相应的文化底蕴，还真是难以做好。晓铭兄热情、好客，每次读书年会上相见，是每天坐到最晚的人，喝茶聊天，总有说不完的话题，从书说到人际关系，又说到未来的出版形势……

藏书票上两枚柿子，色彩鲜艳，诱人食欲。让人想起了诗句"立秋胡桃白露梨，寒露柿子红了皮"，这也寓意着晓铭兄的厚积薄发，是需要慢慢地浸润才能见证成果的。

有意思的是，2014 年，不少文朋诗友被国家新闻广电总局评选为首届全国"书香之家"，晓铭兄以博学多才、藏书众多位居其中。这固然只是一种荣誉，可见晓铭兄的爱读书是得到广泛的认可的。

想起王稼句为晓铭兄书写的陆希声《茗坡》："二月山家谷雨天，半坡芳茗露华鲜。春醒酒病兼消渴，惜取新芽旋摘煎。"闲情饮茶，风味亦独特，这不正如阅读的境界，适宜且自在吗？

# 成长的阶梯

　　早就知道在张掖有位张恒善先生爱书，我却不知道网上常常遇到的"木塔风铃"就是他。当然，他的博客也是这个名字。混迹于网络，常常只记得住网名，却记不住真实姓名。这大概也是时下网络时代的一景吧。

　　恒善读书颇为博杂，文史书话、地方史料等等都有所涉猎。其关注的人物包括林贤治、吕剑、曾纪鑫等等，此外，与书友的互动也极多，每每收到书刊都不忘在博客上记一笔，这也是一大特色。

　　藏书票以剪纸的形式出现，其上标示"夜未央书来伴"，正是真切的生活写照：一对夫妻在房间里，茶桌之上，也还有茶水，女子可能觉得"夜已深，不如明天再读"吧。男子则摆手，要继续读下去。是什么书如此吸引人，却比睡眠还要紧？不懂书的人自然无法明白，书里的世界是如何迷人。这生动有趣的读书生活场景，一下子让人觉得温暖起来。

恒善有言：人生因为不争，便获得了自由和快乐；人生因为赏识，便获得了尊重和理解。从阅读中来，又回归到阅读当中去，这种循环往复，看似无关紧要，却正是成长的阶梯。

读书是一种最自然的生活状态。董桥曾说，菜细嚼以当肉，台静农醉看以当倪鸿宝。到了汪曾祺的这里："我追求的不是深刻，而是和谐。"我们怎样定义阅读、写作，又有什么关系？只要从中得一二真味就好。

# 不亦快哉

盈水轩袁滨藏书

　　淄博的袁滨兄写诗也写书话，那是一手妙文。不少相熟的朋友到了山东地界，若是不去淄博，就跟不到长城非好汉相似。他不带着参观周村古商城、王渔洋故居、蒲松龄故居，就不了解这片土地上的文脉流传。这一路行走，倒也是别致的旅行。

　　访古人旧迹，当然不能隔着时空对话。最有意思的是，朋友来了，袁滨兄的豪气干云的气概也来了。许新宇有文为证："在酒席上，随着饮酒的深入，袁滨兄身上的那份豪气侠气才慢慢开始显山露水。""可以看出才子与侠客的痕迹"。"常时饮酒逐风景，壮心遂与功名疏"，这是做事的方式，颇具古风。

当然除了酒，袁滨兄最爱的还有书。王成玉在《书话点将录》书里说袁滨："书话是一种很纯净很高贵很有趣味的文体，今读其书，越来越相信这种文体，非读书种子莫办也。"

有书，当然少不得藏书票。袁滨兄说文川设计的藏书票：构图雅洁，画面清新，线条柔美，春色无边，不由醉意朦胧，乐而开怀，实在爱不释手，庋为珍品。虎闱说："此藏书票拙中见巧，颇具书卷气。"

见识过袁滨兄的古道热肠，才能一下子理解到山东人的做事风格。在看似粗犷中有许多精细的表现，诗情画意里，最耐人寻味的还是那一份书卷气，不亦快哉！

## 玫瑰人生

　　若不是对书店多少有点了解，就不大可能写出《书店病人》这本书。若不是这本书，我大概也不会跟蜜蜂出版结缘。蜜蜂出版由张业宏与杨宏宇联合创办，只不过除了出版，还开有蜜蜂书店，书店的掌舵人就是宏宇。给我的印象，他很低调，平时交往不多，我知道他做书店的用心。

　　我没去过蜜蜂书店，听不少"书店病人"描述对蜜蜂的喜爱是非常爱的程度。那是因为书店给人的感觉大不相同吧。后来，宏宇介入出版，我有一册小书，本来已排好版，就等着出，却无下文。后来我才知其中的变故与曲折。总之现在做出版也不是那么容易的事。

藏书票上，一朵玫瑰。让我想起安伯托·艾柯的那部小说《玫瑰的名字》，做出版何尝不是一种寻找。但那只是一种象征。在这里，是预示做最好的书。确实，很长一段时间，宏宇做的书数量少了许多，但书的内容、装帧更棒。在文艺的氛围里融入了当下性。

做出版若是背驰潮流，可能就很难坚持下去。因此这就显得左右为难。好在也并非是无路可走。玫瑰绽放、芬芳，自有其趣味，但我们常常给以外在的形容，却忽略掉玫瑰的植物特性，结果就看不出它的美好。

时代的好与坏，都有人在阅读。尽管阅读的品质上可能有差异——却还都是梦想与美好生活相遇，那也是与自己的相遇。宏宇的玫瑰，给我的是不同的植物含义。

# 一字一词总关情

　　认识李树德先生，是源于网络。他不仅写作书话，也是翻译家，翻译《欧·亨利全集》（合译）《助你成才》等。若不是有人提醒，也还看不出来他是大学教授。更多的是在网上读他的文章，写文人掌故，叙历史记录，各有风格。

　　在读书年会上，数次跟树德先生见面。他都是一番鼓励，我真是问心有愧，毕竟一个人为读书民刊所做的事并不太多，偶尔取得一点成绩，只大家帮助的结果吧。有许多计划做的事，也因种种原因，做不了。

好在大家理解。树德先生的鼓励，对我是一种激励。

藏书票上，是一株绿树，开着些许花朵，淡淡背景，一如清晨的阳光下，几只鸟雀掠过天空，那是不经意的场景，若不是留意，恐怕极易错过这样的镜像。

这就像树德先生的朴素，虽然交流不是很多，却一样可感受到他对书的热爱之情。树德先生将书房取名为书枕斋，那一定是三更有梦书作枕。这样闲适的生活，正是打开一册书，走进一个神秘的世界。是的，在书里梦里的快乐，是只有爱读书的人才能体味出来的。

在谈到翻译时，树德先生云，一字一词总关情。又，翻译切不可"望文生义"。读书何尝不是这样。有段时间我热衷于网络，见不少人看见标题，还没来得及看文章，就骂开了，结果就难免产生误会。这实在是对语言的误读。倘若没有这翻译的种种体察和语言的谨慎，想必树德先生的作品，我们读到的更多一些。

# 春意萌动

　　河北因距离京都不远，其文化也就有了几许京味。比如《藏书报》带动了一批藏书家。傅春生也是其中之一。虽然他的工作多数与儿童、作文教育相关，还独创过体验作文。那是怎样的一种作文模式，我没有考证过，只能瞎猜是体验之后的作文。

　　傅春生是儿童文学硕士，想来在这一领域也是专家型人才了。我想找一找他的作品读读，遇到的并不太多。我当然知道，有一些藏书家是很少写作品的，生怕一不小心玷污了文字。

我们不必奢谈全民阅读，就是看当下的读书人状态，也是众说纷纭。不过，许多唬人的理论是需要实践以检验的。风靡一时并不能说明其作品价值就很正确（如迎合读者的口味也可能很流行）。傅春生属于哪一个群体呢？

　　藏书票与春天有关，似望文生义。但我以为是与儿童相关，就好像早晨八九点钟的太阳，是最吸引人的。在春天里，也有许多美丽之处。万物生长的春天，总给人留下许多诗意：花草树木的繁盛，空气的清新，无不让人沉醉。

　　春天不是读书天。但读读书又何妨，且不必引用古人的名言佳句。在乡村，若是错过了一个季节，问题就很严重。阅读何尝不是这样，错过了的书，多年以后再回头重读，哪里还有兴致。

　　迷失的，并不是春天的错。拿起书册，从阅读开始，在这春意萌动的季节。

# 自在

迭戈任理的书

若不是株洲舒凡女史的介绍，在长沙也不可能走进迭戈的书房。我记得第一次去看，就被他的藏书所吸引。他一册册介绍每本书的来历、看点，如数家珍。这样的爱书人真不多，大多只能说，这册书我有，仅此而已。

任理是迭戈的本名，记不清楚他是否说过迭戈的由来。不管怎样，跟他聊书、闲话，都有意思。当然在酒后更加风采。他跟一般的书虫也不相同，极少写文章介绍藏书，在博客上常常是三言两语，就把一本

156

书的特色说尽。这样的本色比所谓的书话更靠谱。

藏书不在多，而在于精。他藏历史读物，作者掌握的资料多为第一手，这原本比戏说的二手资料更为可靠。他藏饮食书，只源是一枚吃货。不少参观过他的书房的朋友说，高手在民间。

藏书票上，书房里，孤影自拍，那是一种与书册打开心扉的相见。在外衣之下，我们可能对书册包藏着种种不安，这种直面，直观，也更容易让人想起读书的自然、自在的状态，无需伪装，知与识，美与丑，附着的外界意见，在此都可打住。

他说淘书经：不管你喜欢什么类型的书，一定要注意作者是谁。才决定是否购买，不要被广告所蒙蔽，说句实话，我现在买书，一般是买名人作品，中国的作家，我偏台湾、香港作家，特别是文史、回忆录与学术类的。作家中，我喜欢年纪大的作家（民国时期就有名气的），他们的书读起来有滋有味，因为乱世出"英雄"嘛。这种意见在今天新书遍地的情况下，尤其难得。

# 细微的美好

　　网上早就闻知有不读斋，《天涯读书周刊》也经常选载他内容丰富的读书日记。爱看的人不少。我经常迷糊于网名与真名，时常无法对上号。后来我才知道有不读斋的是易卫东，无羽书天堂则是刘学文……

　　卫东曾是数学老师，课余好读闲书，以聚书为乐，爱好书话，这很难得。我知道有不少文化人与数学有关，比如诗人杨然与蔡天新，比如出版人俞晓群的大学专业也即数学。我对这数学与文化的穿梭真是好奇，至今也没答案。

关于藏书票，卫东曾在博客里写道，一枚极富动感的藏书票呈现眼前：票面是彪悍健硕的一匹汉画奔马，左上缀以圆形红章"有不读斋"，色彩清丽，相互映衬，底下是四个粗宋繁体"卫东的书"。精美极了。

卫东先后出版《学步集》和《夜读记》，与时下的书话写作有很大的不同：在细微的故事中见证书人的情怀。卫东并非以聚书为乐，而是从书中发现生活里的美好。

黄岳年曾在文章里说，去年10月和易卫东在株洲相见的时候，沉稳健朗的卫东兄说，想到西部去，为那里的孩子们上上课。当时一愣神，我似乎没有明白他的心思。看着《夜读记》，我渐渐似乎有些理解卫东兄的话了。他不是去西部游览，不是要去看风景，他是在挂念着那里环境艰苦，读书不易的孩子们。

昔日见胡适修养的四个"一致"：表里一致，即不自欺；言行一致，即不欺人；对己对人一致，即行恕有道；今天与昨天一致，即做事有恒心。对照卫东的阅读生活，何尝不是这样的？

诗画风流

　　混迹于网络，常常见篆刻家韩大星的作品。其女韩阳龆龄即喜横涂纵抹，七岁、九岁时和其父韩大星合办两届"父女书画展"，均获好评。作品有瓶花、茶壶系列、大美人、傩神面具等，无不精妙入神。书法擅长擘窠榜书，饶有天真、稚拙之美。受到著名艺术家韩羽、柯文辉、赵冷月、孙伯翔、朱新建等人的热情首肯与鼓励。

　　偶读孙卫卫谈韩阳书画："韩阳的画和字才和一般孩子不同，一看就知道是她自己的，是按照她的所思所想画和写出来的，不是完全照书上的。是她觉得维纳斯有条项链会更美。她喜欢吃大红果，就画了出来，还在下面写上了'大红果我爱吃'的字。有一张美女图，全部用的是黑色，只有嘴巴画红，在小韩阳眼里，男女区别可能就在于女的可以涂口红，而男的不可以。我发现她画女的更多，也许就是在画她自己，她是自己的模特。"

若说韩阳是才女，当之无愧。藏书票上的韩阳，青春气息逼人，红唇，长发。靓丽中有书卷气。浮躁时代，想快速靠青春赚钱的多矣。但也有这般孜孜以求，在书画界耕耘，却也不是多见。

常跟七老八十的艺术家茶聚，我算是年轻一代，再年轻一点的，却不太多。平淡生活，说的容易做起来却难，皆因大家都奔向"钱"途，你一个人逍遥自在过日子，就显得有点"另类"。韩阳不算另类，诗文风流能成绝响吗？似乎不大可能，只是它以另一种方式存在罢了。

## 问学图

　　知道周养俊，记不清楚是在哪儿读过文章。说起来，爱书人常常阅读的是名家作品，一般作家，常常容易被忽略掉。但一旦成名成家之后，就有了可说的故事。周养俊的作品大抵是属于这个系列。

　　周养俊曾用笔名席化、诗村，生于二十世纪五十年代。他供职陕西邮电部门，职务特别多。作品包括散文诗、散文、历史故事等等。周养俊是多面手，贾平凹曾说：

　　读过养俊一些文章，都是散文，多是写农村的，写得好。看得出,养俊对农村生活很熟悉,体验多也深,文章篇幅不长,文字、语言都好,很有感情,也比较深刻。这样写,能写出真情实感。这样写的人已越来越少。养俊在单位上班,还是个领导,利用业余时间写东西,出了十几部集子,很不容易。听不少文学同道说养俊,今年召开作代会时也听作协的一些同志谈到养俊,评价都很高,都说养俊厚道,人品好,为人随和、实在,说话低调,办事牢靠,是个好人。我一直认为,好人才能写出好文章。你看周围,一般是这样。养俊就要退休了,以后闲时间充裕了,可以集中时间、集中精力多写,写点儿长篇。

藏书票是张问学图,浩气、俊朗是需要养才能出来的。养气事关作品的精气神,在浮华时代尤其是。陕西作家像他这样的,很多。但作家如何才能突围,似乎需要有质地的作品多一些。这让我想起周作人、林语堂、梁实秋的文章,总有一种气质在,因之才与众不同吧。

# 异乡人

　　早就在网络上跟秦客相熟，但那时只是知道而已，交往并不多，好像他约过书评，最后写没写记不大清楚了。交集却不深刻，这类陈芝麻烂谷子的事，就是网络时代的最好印证。

　　那次，我去西安，崔文川在微信上发条信息，呼啦啦来了十多位朋友，其中就有秦客，文川说是王刚，我此前没记住这个名字，所以觉得陌生。及至见面，说起秦客，我才对得上号。那天他带来册《路遥纪事》。我这才知道路遥纪念馆研究员，致力于陕北文化的梳理与传播。

王刚有个微信公众号"书房记"，影响深远。介绍说，这里是"异乡人"最后的精神家园。这里提供新书首发，图书文摘、文学作品、影像、绘画的发布及乡愁、记忆的整理与深度挖掘，为您提供多重的阅读与记忆储存。走进书房，开始阅读。

西安的朋友告诉我说，在新媒体里，"书房记"一直排列在西安媒体的前列，不少媒体也还没它有影响力。这可以看作王刚对媒体的运作熟稔。

藏书票上，红色剪纸，喜庆、纯粹，让人想起陕北的秧歌，只是少了一份喧闹而已。这也是阅读的含义所在。见证过岁月沧桑，最后给我们留下来的是什么？

日常生活终归是平静的常态，喧闹终会成为过去式。培根有言：读史使人明智，读诗使人灵秀，数学使人周密，科学使人深刻，伦理学使人庄重，逻辑修辞使人善辩。好吧，我们就从阅读开始一天的新生活。

# 唯有阅读带来欢欣

　　爱书人天涯海角都可聚在一起，因为网络，也才知道爱书人的踪影，多数无法交流，却一样能感受到对书的热爱。袁继宏即其中的一员。

　　阿滢曾说参观袁继宏的书房：客厅、书房、卧室、阳台都有书橱，而且书橱中的书都是放了两排，找本书都困难。继宏兄说，还有许多书在楼下储藏室里。我们志趣相同，他的好多书我亦有藏。近几年他还订购了不少港台图书。在书橱中发现有几册王稼句兄的早期作品，我打开见是稼句兄的签名本，而且这些书都是送给一位僧人的，后流落旧书店被继宏兄淘得。继宏兄又请稼句兄签名，稼句兄题了"和尚不读书，书亦有缘"。

藏书票上的钟楼是上海的标志性建筑——海关钟楼。1928 年元旦，海关大钟敲响了它的第一声，随之而来的是《威斯敏斯特》和声。"旅居上海的英国侨民曾经为之感动得流泪"，仿佛听到了遥远的威斯敏斯特大教堂传来的音乐。至今，钟楼的钟声不绝。正是与书香气息相暗含。

历史的尘埃终将拂去，唯有阅读带来欢欣。在这样的世界里，是可以忘却红尘的诸多烦恼的。

袁继宏是一位唯美主义者，藏书品相几乎都是十品，只要自己喜欢的书而且品相好，即使价格再高他也会毫不犹豫地下订单。他时常送人以书，我从网上检索，就有阿滢、黄岳年等人，想来也是爱书爱到死的人。可惜未曾读过袁继宏的文章，倘若他将这般故事记录下来，也是顶好的书话故事了。

# 知识丛林中的猫头鹰

　　董国和是真正的读书人。这样说，是在他的读书篇章中，读到的内容是丰富，也与良知、敬畏等词语相关的内容。国和的一部书稿曾托我寻求出版，却迄今没有结果，并非是内容不够好，也许是说真话过多的缘故吧。

　　国和曾出版《闲读乱弹》《丁酉文厄录》等书，其中《丁酉文厄录》出版有两册，可见对文化史料的挖掘勤奋和一丝不苟，正是学人求真的风范。

　　谢泳在《丁酉文厄录》序中说：看国和先生的

文章，有时候虽然感觉流于琐细，但均有新鲜之感，也有知识增量。这样的文章，我认为无论出于专业还是非专业，对于研究工作，都属正途，都是需要大力倡导的。这不仅是研究方法，更关乎学风。

一轮圆月升起，猫头鹰站立在树枝之上，清晰可辨，正如在黑夜里也有人不惜余力地打量世界，并给人善意的提醒，但这种提醒时常是不受欢迎的，原因就在于此提醒可能"伤害"到一个人的自尊。

可作为猫头鹰存在的价值，正在于此。明明知道在知识丛林中不大受欢迎，却继续供给知识。然而，在现实生活中，像国和这样的读书人太少了些。你好我好大家好，一团和气，结果是并没有产生"知识增量"的吧。

时常读他的文章，受启发较多，却至今是缘悭一面。国和有言，在穿越中直面人生，审视自己的一言一行，这是非常人可为的自我救赎。读他的文章，似同样为"非常人可为的自我救赎"。

# 漂泊的样本

艾芜的作品最深入人心的还是《南行记》。他有一本文集叫《想到漂泊》，那也是他一生的写照。从成都出发，远行，经历种种磨难。但由此也训练了他敏锐的观察力，在晚年时期，他依然坚持写作，重走南行路，继续创作。可其影响力并不如《南行记》，不知他面对这一结局，是否感到惋惜。

在文艺青年眼里，早已遗忘了艾芜。虽然《南行记》可以做漂泊的样本，可文艺青年的漂泊注定与艾芜的有本质的区别。重走，并不意味着简单的回归，而是一种上升。

藏书票里的艾芜，沧桑，不再是《南行记》里的容貌，其背后的风物，猛一看，只是一种装饰。仔细观察，却是由《南行记》中的风物所构成，那点滴的片断，与其说是象征，不如说是延伸了那一代文化人的命运。

如今，在新都的清流镇，有重新修葺的艾芜故居。田园风光，依稀是文章中的旧貌。《祖母的故事》就是发生在这片土地上，可那些人物已是书页中的故事：春光充满着生气，遍地的野草，幽伏在地上，在每平方尺的绿色之中，总有少女们的唇瓣似的不知名的小花点缀着，似乎她们的风姿与面貌有些特殊。嫩绿的麦苗，受了微风的吹拂，显出袅娜窈窕的姿态，妩媚地谈笑。小沟里的水也被晨风微荡着，起了细微的涟漪。高出地面的土堆，遍身装饰着野草和小花。似少女初发育的乳峰，点缀着丰满的肉体——美的世界。

沈从文曾说，我行过许多地方的桥，看过许多次的云，喝过许多种类的酒，却只爱过一个正当最好年龄的人。艾芜看过了这些，收获的是一种哀愁。

# 懂得趣味

　　孙犁先生，好像是当代的读书人绕不过去的人物，研究他的人众多，作品极为丰富。可在他的世界里，似乎并没有那么多值得研究的地方。在他生前，极少与人见面，怕被打扰，他写作极严，一个标点符号，都不可错过。

　　小说《荷花淀》，不知迷死了多少文学青年。也有人跟着他学。到底只能是孙犁第二，难以超越，仿佛一座山。

　　孙先生的"书衣文录""耕堂文录十种"，让人看到晚年的孙犁，趋于平和，趋于安静，且吉光片羽，需慢慢咀嚼，才能体味一二。

我读过不少人回忆孙先生的文章，各有风貌。但最得孙先生真味的却并不是特别多，那是生活经历、识见都具备了，世事洞察、融汇于一炉，短短的几句话，颇堪玩味。这层功夫不只是高手文章，也是妙笔偶得。

孙先生的百年诞辰，总归是不够热闹，但因有了书卷气，多了些人情温暖。一如藏书票的设计，无须荷花淀的风光（插图本的《荷花淀》也很好），只须将封面放上，似乎就已足够，无需多言，懂得的自然懂得其中的趣味吧。

喧闹的世界终究需要隔一段距离打望。有时，欢宴之后，各自散去，恢复生活的原貌，那才是自然的状态。什么才是好作家？固然见仁见智，但有一点是可以肯定的，即其作品放置百年之后，再去阅读，也不会过时。这就是一个作家的魅力。

文艺作品固然是消费品，但不是快速消费品，如速溶咖啡，但到底抵不上咖啡豆的原味。纪念会之后，从头再读孙先生去。

# 学者的真精神

来新夏先生逝世周年纪念
来新夏（1923年-2014年3月31日）

　　来新夏先生纵横三学，自成一家。在来先生去世之后，各地师友、学者、学生纪念文章多达一两百篇。读那些深情的纪念文章，才能更深切地感受到来先生学者风范。

　　在天津举行的全国读书年会上，见到来先生的夫人焦静宜老师，那天是活动方特别安排的一场纪念来先生的专场活动。参会者谈来先生对后学的支持，谈对读书刊物的扶持……那一个个故事，正是来先生的读书求学的精华所在。

不止一次听过与来先生往来的朋友述说彼此间的交往，亲切中显现出深情厚谊，俱见一代学者的风范。像他这样的学者，在今天恐怕也是不多见的。

想起来先生米寿和九秩诞辰之际，天津及其家乡浙江萧山，都举行了隆重的祝寿活动和各具特色的学术交流。来先生不反对热闹的庆祝场面，但拒绝各种"封号"。他说，"读书人"三个字才是对自己的最高评价，并表示作为读书人，"有生之年，誓不挂笔"。

这精神，是学者的真精神。

藏书票上的来先生，手握书册，沉浸在阅读中……似拍照时才抬头看了那么一下。是什么让来先生对阅读如此着迷？

对一个像来先生如此"功成名就"的人来说，应该是安享晚年。但他依然著述不断，媒体约稿，几乎是有求必应；为年轻人新著写序，勉励有加，如此提携许多人走进学术殿堂。这才是学者的魅力所在吧。

看着这藏书票，我怀念来先生。

# 读书接力

　　2012 年的这一届读书年会，缺席。但看到每个参加年会的朋友晒照片，忍不住想象年会的盛况。

　　十年，读书年会走过的历程，也是值得记录的阅读大事。刚好，这一期的《悦读时代》推出了读书年会的各种盘点。这样做是在告别，也是在迎新。

　　藏书票上的背景图案，是东莞的城市面貌，两只手紧紧地握在一起，那是一种合作、共享、分享的理念。倘若不是怀有这样一种情结，上百位爱书人又怎能一次次自费到年会现场？当有人感叹，读书人精神死了，从此我却看到了希望：每一届读书年会既有老面孔，也有新面貌。

读书，是一代代人接力的事。不是比拼激情，而是以理性支撑着阅读进行下去。当顾国华先生三十年以一人之力主编《文坛杂忆》，董宁文十多年主编《开卷》，都是最好的案例。是的，在阅读的路上，注定不会一帆风顺，但那又有什么关系，只要有坚持，势必会有收获吧。

谷雨说，从阅读到悦读，是追求，更是境界。爱书人武德运说，读书是一种享受，悦读是无可替代的享受。

当阅读完成飞跃，我们看到的风景就大不相同。东莞不是文化沙漠，更不仅仅是只有工厂，那里也有许许多多的爱书人，他们所铸就的是一个城市的文化丰碑。这恰如徐玉福先生的坚持，《悦读时代》成为沿海的一份重要读书刊物。

往事不可追忆，但看到这张藏书票，我就想起了东莞的读书氛围，是在和谐中普及一份智识。

# 感受巴金生活

　　2013年，在去上海参加读书年会之前，我先去了无锡，参与一场"为爱行走"的公益活动，此后，就在江南闲逛，先后去了兴化、泰州、苏州等地。跟文朋诗友相聚，既得行走的乐趣，也有阅读闲赏的滋味。

　　此前，虽参加过读书年会，却也还是有不少生面孔，但一说起彼此的姓名，真如黄成勇先生的那本书的书名：《幸会幸会，久仰久仰》。此届年会的主办方是巴金故居，刚好旅馆离故居极近，但也只是匆匆地走过。我干脆就在他的院落里坐一坐，感受巴金生活的气息。至于每个房间的陈列，早在故居的官方网站上看过，大可掠过。

上海是文化名城，这次虽没见过石库门，也没有红尘往事可供凭吊，张爱玲、鲁迅等人的故居也还在，可也还是懒得走去看一看，毕竟各种记述文字已有不少，围观即可。只是跟韦泱先生一起去淘书，是一大乐事。

读书年会最大的特色，是各位爱书人畅谈阅读心得，抑或对民间读书刊物的意见，精彩纷呈。借助于网络，这样的活动也可移在互联网上，但这对于爱书人来说，却失去了见面请教的机会。这才是每一届年会的最大特色吧。

从巴金出生的成都来，看到这里的巴金故居，在成都却找不到像样的纪念地，虽然也有慧园，也有巴金文学院，但与巴金最直接的关系却并不大。这就好像我们每天喝茶都在谈巴金，只是说前尘往事，与此刻的世界并没有太大的关系一样。

这样说，看了巴金故居，不免有些落寞了。

## 阅读的嘉年华

　　株洲是工业城市，谈及文化，似乎落伍不少。我是地理盲，许多地方看地图才知一二。对株洲也是如此。好在走进株洲，才看到这座城市与众不同的地方。

　　谈株洲的文化，不能不提洣江书院，它始建于明弘治十七年（1504），位于茶陵狮子山（今茶陵一中内），由当时的茶陵知州林廷玉主持修建，书院内设二十一间书房供学子藏修，洣江书院曾历经几次搬迁，后回归原址。该书院是茶陵历史最长、规模最大、影响深远的官办书院，为延续茶陵文化风气、培养经世人才、

180

促进道德教化等方面发挥了重要作用。1982 年，洣江书院房舍被全部拆除改建教学楼，2011 年下半年，茶陵县按照"修旧如旧"的原则，启动洣江书院重建工程，2012 年建成并对外开放。

本届读书年会的藏书票就是洣江书院的大讲堂。《茶陵州志》记载："宋至清代，茶陵书院之多，在湖南名列前茅，其中宋代居第三，元代居第二，清居首位"。可见株洲的文化鼎盛，是在全省名列前茅的。这则奠定了株洲的文化地位。

湘江边的旧书摊，吸引住各地的爱书人，名家荟萃，让读书年会多了文化底蕴。本地的文化名人聂鑫森、周伟钊也是必访的对象。这届年会还在出版方面首开先河，会前出版了《民间书人：萧金鉴纪念集》，会后出版了《书香余韵》。

以书聚会，书缘佳话，汇聚在一起，构成了阅读的嘉年华。

# 问津的情景再现

　　问津书院所举办的第十三届全国读书年会，在会议名称上，首先引起了一些争议，不像以往那样加上"民间"二字。我倒觉得会议的名称不管如何变化，只要内容不变，那还是没多少问题的。只是多数时候，我们在乎的是面子，而不是里子。

　　最初的"问津书院"在1751年建成，地点在鼓楼南约五十米处。天津的书院很有天津特点，它没有建在远离市区、充满自然风光的黑龙潭（今天的水上公园），也没有建在偏僻安静的乡野，而是建在了当

182

年津门最繁华的老城里，可见之"天津特色"多么深厚。问津书院是由当时大盐商查为义献地、长芦盐运使卢见曾捐资建造。题写书院牌匾的人，是李鸿章的老师李铁梅，同时李铁梅还是书院的主讲。问津书院的建院初始目的，是"延师选士、肄业讲学"，主要为科举提供学习场所，但来这里学习的人大多是名人之后。

今日复建的问津书院，是研究天津地方文化的民间机构，办有刊物《问津》《开卷》《参差》等多种。因之，在藏书票上所呈现出的图像即问津书院的样貌。这种以再现历史场景的方式当然不只是藏书票才有的风格，更确切地说，因有了情景再现，使人得以走进天津文化。

有人说，不管问津书院怎样迁址，也不管它怎样变换牌匾，只要"问津书院"四字依旧存在，只要书院的意义依旧延续，只要它还屹立在天津的街头，那么天津这座六百多年历史的城市底蕴就会依旧彰显。信然。


喜欢兴化的文化味。穿街走巷，看看老建筑，听

# 脱
# 俗

听旧掌故。也是旅行的一种。至于说看油菜花垛田，没赶上时间，看看这些风物就已足够了。在郑板桥故居，几棵竹子在书房外摇曳，即便院落小小，也有了诗意。

在谈论地方文化时，不少人以出过多少进士为标准，但这也只是一种标准，也还可以书院、书画、饮食等等为标准来作为评判，但这基本上是有钱有闲的玩法，虽算不上新奇，却也还是有脱俗的可能。

爱旅行的潘仁奇先生所著的《兴化史话》，是从汗牛充栋的史册里找资料，向众说纷纭的传说中求史实，他十年如一日，去粗取精，厚积薄发，终成此书。此书以挖掘兴化的人文史料见长，盘点兴化的人文来龙去脉，可见一地文化的兴起与发展脉络，说到底，没有文化的复兴，难以谈到经济的繁荣。值得一说的是，地处苏中里下河中心的兴化，近年来兴起的"里下河文化"研究与此或许有极大的关系。

在兴化的街上，有一个牌坊，上题为"万邦总宪"，是为清朝左都御史李楠立。李楠是清朝康熙十二年进士。都察院掌管天下御史，左都御史为都察院主官，李楠于任上纠正许多错案，故有"万邦总宪"之称。这是乡亲对前贤的最好纪念吧。

对地方文化的珍视，常常因格局太小，大学者不愿意做，因之这类史料也就湮没在乡土当中了。但只要有人挖掘、整理，也还是能够恢复历史的原貌。

# 文化的魅力

《桐溪書聲》出版紀念藏書票

EX LIBRIS

中國桐鄉·梧桐閱社

　　浙江桐乡的一群爱书人组织了梧桐阅社，他们"以书会友，以友辅仁"，积极开展了许多有益读书的活动，在当地有很好的反响。并出版《梧桐影》读书刊物，做得有声有色，推出木心、沈苇窗等人的纪念专题，这在读书刊物中可谓独树一帜。

　　在这本刊物创刊始初，我就有所关注，不能说是对刊物的发展有贡献，不过是见证其成长而已。在《梧桐影》出刊三周年之时，推出了一册《桐溪书声》，让读书圈惊艳了一下。

桐乡人文鼎盛，丰子恺就出生在桐乡。我爱读他的文章。他的漫画当然是最为知名，以他的画作来展现，即有桐乡文化的代表性，一位长衫老者站在树下张望，树影婆娑，一轮半月挂在空中，似乎隐约可以听见虫鸣……那是一种文化守望吧。

　　文化大行其道，当然是好事。但多数时候，文化应有的状态是浸润，是细水长流，源源不断、不绝，总是给人以希望。特别是在社会转型时期，更需要文化的坚守，面对诱惑、浮躁，还依然有书声在，文化不老、不死，流转的只是星空下的时移。每个人都是历史上的过客，只不过留下的声音或多或少而已，但这也正是文化的魅力。

　　好书不老，书声不绝。就像历史学家黄仁宇所言，我相信中国的前途。那种相信更多是从文化角度来谈，历史不管谁来书写，也不管谁是胜利者，最终时间会纠正其中的错讹。我们不祈求在当下文化获得多大的功利，且待百年后来重新评估吧。

# "五四"的精神遗产

　　五四运动,是中国文化的分水岭,同时也是睡醒之后的猛狮的怒吼。但纪念五四纪念的是什么? 不是激情与冲动,而是对真相的不停追踪。无疑,五四运动的发生,与《新青年》杂志的启蒙是分不开的。

　　《新青年》1915 年 9 月 15 日创刊号至 1926 年 7 月终刊共出九卷五十四号。其所发起的新文化运动,并且宣传倡导科学("赛先生",Science)、民主("德先生",Democracy)和新文学,对中国文化的影响,至今不绝。

今天继承五四的精神遗产，在某种程度上即延续《新青年》最初的文化理想与追求。一旦将其介入意识形态，打上标签，可能就会脱离了青年的常规。但对权力欲的追求，则让青年失去了理智，迈向了不择手段的道路，结局可能并不大美。

在实践中前行，正是五四最大的价值体现。今天重新来看，《新青年》所倡导的价值观，也并非是全部的真理，可这并不能否认它的价值，被符号化和包装之后的《新青年》，代替不了五四的真谛，如余英时所言：但今天，有了相当的纵深，我们不能认为单凭这些理念与图像便足以解释五四的全貌；我们必须正视"五四"意蕴的复杂性，多层面地探讨五四的实质，如此，才可能发现五四当代图像及其世界性意义——相互激荡的世界主义与民族主义、理性主义与浪漫主义、怀疑精神与宗教精神、个人主义与群体意识。

# 记住废名

《廢名先生》出版紀念
廢名(1901—1967)

EX LIBRIS

眉睫的書

最先知道新文学家周作人，然后才读到废名的作品，陆续在书摊上遇见《桥》《竹林的故事》《莫须有先生传》，他的小说以"散文化"著名，他将周作人的文艺观念引至小说领域加以实践，融西方现代小说技法和中国古典诗文笔调于一炉，文辞简约幽深，兼具平淡朴讷和生辣奇僻之美。

周作人在《怀废名》中记其轶事：废名平常颇佩服其同乡熊十力翁，常与谈论儒道异同等事，等到他着手读佛书以后，却与专门学佛的熊翁意见不合，而且多有不满之意。有余君与熊翁同住在二道桥，曾告诉我说，一日废名与熊翁论僧肇，大声争论，忽而静止，则二人已扭打在一处，旋见废名气哄哄地走出，但至次日，乃见废名又来，与熊翁在讨论别的问题矣。

那个时代，像这样的性情，也还是人之常情。后来的人以功利眼光看待各种关系，自然就多了一重隔膜。

眉睫是废名的乡党，由其写出《废名先生》是情理当中的事。对民国作家的挖掘，近年来尤其多，特别是一些被文学史忽略的作家，在今天重提，也是大有必要的。但多数作家，也还没有受到足够的重视。

藏书票选取废名的照片，其实不只是对废名的纪念，也还包括对那个时代的文化记忆。在废名平和的样貌里，我们看不出那个时代的离乱情仇。这也是民国范儿之一吧。当我们把民国定义为一端，反而会忽略掉文学园地里的百花争妍。

废名已去，我们且读他的作品吧。

# 日记的史学价值

　　日记的价值，随着时间的流逝，可能会日益凸显出来。同时，它也可弥补正史的不足。十六年前，自牧、于晓明创办《日记报》（后改为《日记杂志》），"倡导民间的日记写作和日记研究，推动民间与学界日记研究者的交流，别具一格，坚持出版，意义非同一般"（陈子善语）。诚然，日记与日记文学也还是有差异，但正是这差异让日记显得更真实。

　　十六年来，日记研究不断推向纵深。在做《日记杂志》的同时，于晓明还相继推出日记系列丛书多种，创办中华日记网。2013年，在济南大学泉城学院创办了中国日记资料馆和中国日记教育与日记文史研究中心，这将有力地推动日记研究的进展。

日记论坛，连续举办了五届，邀请不同的专家就日记研究中的相关话题进行研讨。日记绝非是简单的流水账就能替代的，它还包括诸如史料性、社会学、经济学等方面的学科介入，形成丰富的日记科学，正如藏书票上的繁花似锦。

我爱读日记，不是从中发现个人隐私，而是看重其所提供的与众不同的文史价值。今日的博客虽也是日志，却与日记相去甚远。日记更多的是给个人看的，至于以后是否公开，那是另外一回事了（譬如日记的价值）。

日记所承载的是岁月的记忆。不管是泛黄的日记簿，还是存放在电脑、手机里的日记，不会因载体的差异，而减损其应有的价值。

## 通向阅读之路

　　在成都，听说有一个的士书屋，我很惊讶。在常人的经验里，的士师傅跟阅读、摄影、音乐会可能关系并不大。但在的士书屋，却是另一个天地，文艺才华，各种各样，爱阅读的人更是人数众多。

　　的士书屋现有藏书一两万册。前不久，参加一次读书会，见到的士书屋的的士师傅在现场聊阅读、摄影，真是不一样的读书风景。且他们是坚持到活动最后结束的一群人。"对阅读的尊重"，这看似小事，实则体现的是人文情怀。

尊重、敬畏，在今天似乎也是奢侈的事。可倘若人与物之间，少了这些基本的原则，恐怕距离灾难就不远了。

在藏书票中，一辆奔驰的汽车，奔向的并不是"钱途"，是书册。在打开的书页里，隐藏着怎样的世界？给人以遐想，给人以深思：在不完美的世界里，劳动最美。那么，在书册里所感受的是另一重美了。

世界是平的，也是交互的。的士不只是从此处出发，抵达彼处就能完成的旅程，其中所发生的故事，也可温馨，也可有趣。阅读所打开的是另一扇窗，由此可以打望另一个场域：OPEN，是一种良性互动的心态与积极的生活方式。

平衡学，即是一种洞察世界的能力，也是解构并享受世界的乐事。关于的士的故事，在各地固然有不同的风貌。但我相信，爱阅读的的士师傅一定更懂得与人相处之道。

的士在路上，阅读也在路上。这个没有止境的路途，通向的是如罗马一般的世界。

# 投契的精神

蓮池讀書會藏書紀念

　　大学里办读书会，既能增广见闻，又能博雅互动，教学相长。不过，也有的读书会办成了思想政治学习，实在是去读书会太过遥远。

　　在河北大学文学新闻学院，有一个读书会就叫莲池读书会，大约是校园里有一处莲池，亦含有周敦颐所说的"出淤泥而不染，濯清涟而不妖"之意。

　　小桥流水，一片荷塘，亭台楼阁，清净、随处，那一种阅读的境界，与世俗划开了界限，诗人说："歌唱的，是自由。"是的，我们无法改变世界的未来，但可以通过努力让自己变得更智慧一些。王国维说的三境界，对阅读同样适用：古今之成大事业、大学问者，必经过三种之境界。"昨夜西风凋碧树，独上高楼，望尽天涯路。"此第一境也；"衣带渐宽终不悔，为伊消得人憔悴。"此第二境也；"众里寻他千百度，蓦然回首，那人却在灯火阑珊处。"

关于读书会的创办，河北大学新闻传播学院读书促进会负责人杜恩龙说，有感于现代年轻人对经典阅读、深度阅读的淡漠和缺失，浅质化阅读虽然很受欢迎，但对培养思维的逻辑性、深层思考却是不利的，为此倡导大家回归经典阅读。这当然是一种好意。但对大多数人来说，自由散漫、随心所欲地阅读或许更为要紧。

印第安人说，别走得太快，等等灵魂。

博弈是生活代名词。当我们身处浮躁、喧哗世界，以为那就是我们想要的生活，但回过头来看，不过是一种隐喻（异化）。世界不会因喧哗而改变了什么，而灵魂在孤独中需寻找一个出口，那是何方？似乎唯有阅读才可解忧。

# 精神之旅

　　爱书人于晓明在蓬莱建中国日记资料馆，那是创举。收藏着林林总总的日记资料，让人羡慕。那是中国人的一份精神生活了。

　　在做这个的同时，于晓明还积极地介入到全民阅读的推广活动当中去。很快又创办了蓬莱书院。讲学也好，分享也罢，都是书中应有的含义。与古之藏书家宝贝似的私藏，这不能不说是功德无量的事。

　　藏书票上，以蓬莱阁为背景展现蓬莱的包容姿态，是再恰当不过。这蓬莱阁是中国古代四大名楼之一，是凝聚着古代汉族劳动人民智慧和艺术结晶的古建群。素以"人间仙境"著称于世，其"八仙过海"传说和"海市蜃楼"奇观享誉海内外。想来，也是难得一见的世界奇观。

有次，我去山东，其中有一站是蓬莱。可到了临期，又改变了行程。不管有缘还是无缘，我都在想仙侠小说里的蓬莱是何等的尊容，似乎太高大上，轻易碰触不得。对于旅人来说，有时在纸上、网上阅读，或许更为美好，一旦踏足，就破坏了心中美好的形象。

最美的旅行是卧游，是精神之旅。蓬莱书院的故事延续的传道、解惑。在今天这个资讯发达的时代，它固然是有着象征意义，却又别具一格，让人读出世界的丰厚。

没错。风景，我们一辈子也看不完，但阻挡不了那份向往之情。仙人论道，固然难得，若不能亲临，不妨在书册里探寻，岂不是最简单有效的旅行吗？

## 图书馆是天堂的样子

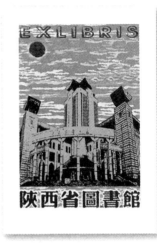

　　有一年，在西安的八仙庵旧书摊，遇见一册《陕西省图书馆馆史》，大致了解陕西省图书馆的情况：其成立于1909年8月，是我国成立较早的公共图书馆之一，也是我国西部地区成立最早的公共图书馆。最初名为陕西图书馆，附设于西安梁府街的学务公所内。1915年迁至当时的闹区之一——南院门，1927年更名为陕西省立中山图书馆。1931年7月更名为陕西省立第一图书馆。如果不是有这样一册书，对图书馆的了解恐怕还不会那么多。

从图书馆的角度也可看出一地文化的流变，惜乎1949 年的资料太过简略，而此后的记录虽可观，到底是与其他图书馆相比，特色并不算明显。年借阅图书四百多万册。我没做过统计，不知这算不算是西部地区借阅最多的一家。

　　不过，图书馆在今天并不仅仅满足借阅的功能，也还有文化整理、挖掘，以及文化推广都是必不可少的内容，我注意到陕西省图书馆也有系列的动作。藏书票上的楼群，即陕西省图书馆的主楼，看上去高大帅气，颇有气度。且看，弧形檐顶敞向天空的形象也象征着吸纳人类智慧的渴求，与古代承露盘有异曲同工之妙。古与今融合在一起构成了独特的建筑。

　　我未曾走进陕西省图书馆一窥究竟，在我的想象里，图书馆不只是提供阅读的地方，也是智慧和休憩的场所，走进去，就能看到天堂的样子。

# 身边的风景

北京是古都，各种值得纪念的文物太多。北京石刻艺术博物馆展出历代石刻文物计五百多种，加上库藏的历代石刻，共计千余种。我曾参观过石刻博物馆，深深地为其艺术表现形式所折服。

藏书票上是五塔寺的风景。2013年的春天，这里举办"春天时节好读书"——藏书印与藏书票联展。参观者除了可以欣赏到内容丰富、特色鲜明的藏书印外，还可在现场观赏到藏书票的刻制演示。

藏书印是中国传统文人为自己心爱的图书打造的

印记，体现了读书人对图书和读书生活的珍爱，可以算作是中国传统篆刻艺术的一个有鲜明特色的类型作品，属于闲章一类。藏书票则是近一百年来才从西方国家引进的一种藏书图标，它在西方有悠久的历史，被称作"可爱的小精灵"。当时参观者云集，想来是为这独特的艺术展所着迷的不在少数。

石刻与藏书票、藏书印融合在一起，构成了独特的意象。在春天能够欣赏到这般风景，也是难得。见其微博上说，盛夏时节，闷热的午后。塔前一朵睡莲摇曳生姿，银杏硕果累累挂满枝头……古典又不失优雅，闹市中的清幽之地。又，那百年银杏的又一岁圆满开启，垂下的不是曼妙的树枝而是一个季节的丰盈。

常常我们外出寻找风景，岂知那风景就在身边。虽然石刻艺术博物馆的展览只有一次，却足以让人怀想起宁静的天空下，每一天都是阅读的好天气。

# 后 记

前几天，去参加一个文化活动，时不时有人称这位"大师"那位"领袖"，听上去蛮有范儿，但说归说，还需看行事的做派。言语粗俗者有之，行事不靠谱者亦有之。哪里算得上大师范儿。这类词语夸人，都觉得如同标签，不够地道。

还有一个被毁掉的词：文人。现在说文人似乎是在说文化商人，行事风格不够文雅不够圆润。但也还有另一类人，他们懂得棋琴书画，爱好高雅，不玩圈子，不在聚光灯下，却活得有滋有味。这其中就有藏书票艺术家崔文川。他在西安，不只是西安，都算得上是真正的文化人，行事、言语各有风度，人见人爱。他设计的藏书票，在我看来，很有味道，与其做的笺谱相得益彰。

不少爱书人以藏文川的藏书票、笺谱为荣。我接触藏书票，虽是从吴兴文等人开始，最常接触的还是崔文川制的藏书票，风格有自，且有不俗的表现力。这才是爱书人喜欢的原因吧。

我觉得藏书票太小众，随便去一家大型书店，你说起藏书票，店员都会以奇怪的目光看你。这当然是藏书票艺术普及的不足。不过，有人说这藏书票是高雅的艺术，但我觉得不管如何高雅，也得有更多的人欣赏，才能认知其高雅的所在。

偶然的机会，跟文川说起这事。然后就藏书票写了点文字，渐渐地积累多了，也就有了这册《珠玉文心》。

这都得感谢文川，没有他的藏书票，就没有这册书。这也得感谢未来出版社，正是源于对藏书票的热爱，这才有了《珠玉文心》。

朱晓剑

2016 年 3 月 25 日